AF238663

Anke Schulte

Vom alten Mann, der vor der Wirtschaftstür steht

Vom alten Mann,
der vor der
Wirtschaftstür steht

Ein Szene-Roman in Anlehnung an den Hit der
Kölner Band Bläck Fööss „Drink doch eine met"
von
Anke Schulte

MARZELLEN
VERLAG KÖLN

Bibliografische Information der Deutschen Nationalbibliothek
Die Deutsche Nationalbibliothek verzeichnet diese Publikation
in der Deutschen Nationalbibliografie;
detaillierte bibliografische Daten sind im Internet
über http://dnb.ddb.de abrufbar.

© 2024 Marzellen Verlag GmbH, Köln

Umschlagillustration: Mira Lob
Satz/Layout: Redaktionsbüro Tewes, Köln
Druck: Druckerei Florjancic, EU
Alle Rechte vorbehalten.
Printed in EU.
ISBN 978-3-937795-97-3

www.marzellen-verlag.de

Liedhinweis:
DRINK DOCH EINE MET
Musik & Text: Fred Hoock
© 1978 by De Bläck Fööss Musikverlag GmbH
mit freundlicher Genehmigung
ROBA Music Verlag GmbH

Handlung, Personen und einige Orte dieses Romans sind frei erfunden.
Ähnlichkeiten mit lebenden oder verstorbenen Personen sind rein zufällig und nicht
beabsichtigt. Das Lied „Drink doch eine met" gibt es aber tatsächlich.

Für Maxima.
In Liebe

„Die Möglichkeit, dass Träume wahr werden können, macht das Leben erst interessant.“

(Paulo Coelho)

Vorwort

Die Welt scheint aus den Fugen zu bersten. Kriege, Armut, Hunger, Verfolgung, Naturkatastrophen, Perspektivlosigkeit und mangelnde Gesundheitsversorgung sind die häufigsten Ursachen dafür, dass Menschen in Deutschland ein neues Zuhause, eine Heimat suchen.

Ich habe ein paar Besorgungen zu machen und laufe am späten Nachmittag durch die Stadt. Wie magnetisch werde ich angezogen von der Energie, vom Trubel und von der Geschwindigkeit der Großstadt und von den Bildern, die sie erzeugt. Hupende Autos, Blechkolonnen, Menschentrauben, die brav bei Grün die Ampel überqueren, volle Cafés und Restaurants und unübersehbare Leuchtreklame nehmen mich gefangen.

Ich schnappe ein paar Wortfetzen von vorbeilaufenden Passanten auf, schärfe meine Sinne und achte etwas genauer darauf. Ich höre verschiedene Sprachen, englisch, türkisch, italienisch, und von dem Aussehen eines jungen Paares vermute ich eine asiatische Herkunft ableiten zu können. Einige Sprachen kenne ich nicht und kann sie nicht zuordnen.

In einer ganz normalen Grundschulklasse in einer westdeutschen Großstadt mit 25 Kindern haben heute etwa 68 Prozent eine internationale Familiengeschichte. Die Kinder kommen aus zirka elf Ländern, haben 14 ethnische und acht religiöse Zugehörigkeiten. In dieser Klasse werden elf Sprachen gesprochen. (* Quelle: Vortrag Prof. Aladin El-Mafaalani 2023, www.mafaalani.de)

Die Struktur dieser Grundschulklasse spiegelt die Bevölkerung und prägt in einigen Jahren unsere Gesellschaft im Straßenbild, auf dem Arbeitsmarkt, in der Politik und in den Entscheidungsfunktionen.

Ich verweile einen Moment in der Herbstsonne auf einer Parkbank an einem kleinen Gewässer inmitten der Stadt. Umherfliegende Vögel signalisieren Vertrautheit, nahezu unwirklich wirkt das Bild. Ihre Formationen wirken sicher und geben mir ein Gefühl der Ruhe.

Eine gut gekleidete Frau lässt sich auf einer Parkbank neben mir nieder. Männer mit dichten Bärten unterhalten sich hektisch und eine laute Familienbande lässt die Vögel aufschrecken. Die Kinder sind ausstaffiert mit Designer-Klamotten, die Haare sorgsam gekämmt. Daneben erscheint ein kleines Mädchen an der Hand einer Frau, offensichtlich ihre Mutter, blass und armselig in ausgebeulten Hosen. Eine alte Frau schleicht vorbei, so als ob sie nicht gesehen werden will. Sie sammelt leere Flaschen aus einem Müllbehälter.

Wie ist die Geschichte der Menschen? Woher kommen sie?

Wo leben sie und was haben Sie erlebt? Warum haben sie sich aufgemacht in ein neues Land? Wen haben sie zurückgelassen?

Ich bewundere ihren Mut und verneige mich mit Hochachtung vor dem Entschluss neu anzufangen in einer Stadt, wo die Sehnsucht nach der Heimat das Herz zerreißen muss. Wo die Einsamkeit schon vor dem Morgentau einen schmerzlichen Film auf das Gemüt legt.

Der Roman „Vom alten Mann, der vor der Wirtschaftstür steht" ist die Geschichte des alten Mannes, der vor der Wirtschaftstür steht, aus dem Lied „Drink doch eine met" der Bläck Fööss. Es ist die Antwort auf diese Fragen, eine Erzählung über die Suche nach dem Glück, eine Liebe und den Neuanfang in einem fremden Land. Sie ist aber auch der Spiegel der Einsamkeit und Sehnsucht und die Kraft über sich hinauszuwachsen.

Vielleicht bedarf es keine Antworten auf manche Fragen. Vielleicht ist die Stille angenehmer als die Wahrheit. Doch ganz sicher ist das Schicksal und das Leben unserer Nachbarn morgen schon ein Stück weit auch unsere Geschichte. Trauen wir uns nachzufragen und Interesse dafür zu zeigen.

Anke Schulte
Köln, im Jahr 2024

1

Köln, März 1978

Das Licht ist fade, genau wie der Geschmack in seinem Mund. „Das ist der Obduktionsbericht." Der hagere Beamte schiebt ihm eine Kladde über den Tisch. Das Geräusch erfüllt den Raum und scheint von jeder Wand zu reflektieren.

Sein starrer Blick bleibt an dem Foto auf der ersten Seite hängen. Es ist nach dem Sturz in die Tiefe fotografiert. Blut, alles ist voller Blut. Er erkennt Leonardo nicht sofort. Er will es nicht.

Antonio ist Gastarbeiter in Köln und erst vor wenigen Monaten von Rom nach Deutschland gekommen.

Der Schock steigt in ihm auf wie ein Vulkan und erreicht jede Zelle seines Körpers. Er ringt nach Luft, kann nicht mehr atmen. Das Foto wurde nach dem Eintreffen der Polizei direkt nach Leonardos Sturz aus vierzig Metern von der Talbrücke gemacht. Nichts daran wurde verschönt. Es zeigt die bittere Wahrheit.

Ihm wird ganz heiß. Er atmet tief und laut. Ein. Aus. Ein. Aus. Seine von der harten Arbeit rauen Hände krampfen wie nach einem Stromschlag. Er kann sich nicht bewegen, wird fast ohnmächtig und ihm wird schwarz vor Augen. Er kennt das Gefühl nicht. Hat doch immer alles unter Kontrolle. Seine Hände werden schweißnass, und seine Finger hinterlassen feuchte Stellen auf dem zerschlissenen Holztisch. Mein Gott, wie konnte das passieren?

Mechanisch schlägt er die Hände vors Gesicht, damit das Dunkle vor seinen Augen die Tatsachen ungeschehen macht. Doch das Bild in seinem Kopf bleibt und hat sich in seinem Kopf eingebohrt, wie ein blutiger Nagel unter seinen Füßen. Er will das Foto nicht mehr ansehen. Er will die Dunkelheit vor Augen, um die Tragödie ungeschehen zu machen. Plötzlich schießen Tränen in seine Augen. Er weint und kann sich nicht beruhigen. Er weint, wie es nur Kinder tun.

„Ich weiß, dass es schlimm für Sie ist", sagt der Polizist einfühlsam und macht eine Pause.

„Herr Lombardi, Sie müssen meine Fragen kurz beantworten. Es ist wichtig. Ist das ihr Bruder?"

Er öffnet langsam die Augen und schaut ihn an. Die Lampe mit der dicken Glühbirne wirft einen riesigen Schatten auf das Gesicht des Polizisten und lässt seine Hakennase noch größer erscheinen. Sein langes zurückgekämmtes Haar glänzt ekelig. Er trägt ein hellblaues sorgsam gebügeltes Hemd, dessen abgestoßene Kragen an frühere Zeiten erinnern.

„Ja", antwortet er tonlos.

Antonio schiebt die Kladde zurück ohne einen weiteren Blick darauf zu werfen.

„Er ist es. Es ist Leonardo, mein jüngster Bruder", flüstert er.

„Wie konnte das passieren?"

Stille erfüllt den Raum, die er kaum erträgt. Ein Flimmern in seinem Kopf lässt ihn keinen klaren Gedanken fassen. Wie eine Sendestörung im Fernsehen erfüllt ein hohes Piepsen seinen Geist. Es dauert einen Moment, bis er die richtigen Worte findet.

„Ich... ich weiß es nicht. Wahrscheinlich war er etwas zu nah am Brückenrand."

Das Sprechen fällt ihm schwer. Er räuspert sich. Der Ton in seinem Kopf wird nicht leiser.

„Wir bauen die Autobahnbrücke gerade erst und es gibt noch kein Geländer... Es regnete und der Regen fror zu einer Eisschicht." Antonio hält einen Moment inne.

„Es war nass und glatt. Vermutlich ist Leonardo ausgerutscht und in die Tiefe gestürzt."

„Ja, es herrschten schlechte Witterungsverhältnisse", stimmt der Beamte ihm sachlich zu. „Unsere Leute haben ermittelt, dass an der Absturzstelle auf der Brücke rutschige Holzbohlen gestapelt waren. Wahrscheinlich wollte er darübersteigen und ist dabei ausgerutscht."

Antonio hört aufmerksam zu, versucht herauszufinden, was der Polizist weiß und wie weit die Ermittlungen sind.

„Seltsam ist nur, dass sich ihr Bruder so nah am Rand aufgehalten hat", wirft der Beamte fragend ein. „So nah an der Absturzkante hätte er bei dieser Höhe angeseilt sein müssen." Er schaut Antonio intensiv an.

„Vielleicht war er gerade erst angekommen. Wir seilen uns bei der Höhe immer an", antwortet er ausweichend und weiß genau, dass Leonardo sich nicht angeseilt hat. Leonardo seilte sich nie an und hatte mehrfach überheblich über ihn gelacht, wenn er es tat.

„Es ist eine Tragödie". Der Polizeibeamte stöhnt leise. „Ist es richtig, dass ihr Bruder erst 36 Jahre alt war?"

„Ja, er ist 15 Jahre jünger als ich, geboren am 27. April 1942."

„Und, warum war er alleine?" Der Polizist schaut ihn misstrauisch und eindringlich an.

Er atmet tief durch und versucht in Gedanken die Abläufe des Morgens zu rekonstruieren.

„Wir kamen kurz nach seinem Unfall auf der Baustelle an. Es ist üblich, dass wir nicht alle zusammen dorthin gehen. Jeder geht, wenn er fertig ist. Meistens geht man allein."

Das stimmt nicht, hämmert das schlechte Gewissen in seinem Kopf. Du lügst, schallt es immer wieder. Sein Bruder ist tot und er lügt diesen Polizisten an. Die Wahrheit ist, dass er noch nie allein auf die Baustelle gegangen ist. Seine Kollegen und er gehen immer gemeinsam. Sie warten aufeinander. Aber Leonardo nicht. Er nimmt Leonardo erneut in Schutz.

„Vielleicht wollte er allein sein", fügt der Beamte überlegend hinzu und betrachtet Antonio intensiv.

„Glauben Sie, dass er gesprungen ist?"

Der Polizist lässt ihn nicht aus den Augen.

Antonio erstarrt, bewegt sich nicht und hat gehofft, dass er diese Frage nicht stellen würde. Er wagt nicht zu atmen und ist unfähig zu antworten. Arschgesicht, denkt er und seine Hände beginnen zu zittern. Er presst sie fest zusammen, damit er es nicht merkt.

„Herr Lombardi, hatte ihr Bruder einen Grund zu springen? Hätte er einen Grund gehabt sich absichtlich in die Tiefe zu stürzen?"

Antonio fasst allen Mut zusammen und schaut ihm direkt in die Augen. Sein Herz schlägt bis zum Hals. Es dauert eine Weile, bis er antworten kann.

„Sie meinen absichtlich gesprungen? Selbstmord?... Quatsch, nein!", antwortet er vehement und lässt keinen Zweifel daran. „Niemals!", fügt er mit Nachdruck hinzu.

Antonio schwitzt vor Aufregung. Die fiesen nassen Stellen unter seinen Achseln werden immer größer. Er erwähnt nichts von Leonardos Alkoholsucht, nichts von ihrem heftigen Streit kurz vor dem Unglück und nichts von Leonardos Vergangenheit, von der lieblosen Kindheit ohne Vater, nichts von seiner Unfähigkeit einer Arbeit nachzugehen und nichts von seiner gnadenlosen Überheblichkeit und Unzuverlässigkeit.

Antonio bewegt sich nicht. Jede Reaktion könnte weitere Fragen auslösen. Jedes noch so unbedarfte Wort könnte die Wahrheit ans Licht bringen. Er vermutet, dass Leonardo absichtlich gesprungen ist. Er ist sich ziemlich sicher. Zu viele Indizien sprechen dafür. Doch er spricht die Vermutung nicht aus. Die Versicherung würde in diesem Fall nicht bezahlen und seine Familie braucht das Geld.

„Bitte Herrgott, lass das Verhör zu Ende sein", denkt er.

Der Beamte zögert, versucht sich ein Bild zu machen. Er ist ein erfahrener Polizist. Ihm macht keiner etwas vor. Er glaubt dem Sizilianer.

„Ich gehe von einer Verkettung unglücklicher Umstände aus", sagt er abschließend. „Es tut mir wirklich leid", fügt er milde hinzu und versucht Freundlichkeit und Mitgefühl.

Antonio fällt ein Stein vom Herzen. Er schaut langsam auf und versucht sich nicht anmerken zu lassen, wie erleichtert er ist.

In der Stille wirken die letzten Worte des Beamten beinahe mild und tröstend. Und plötzlich fängt er doch an zu reden.

„Ich habe Leonardo nach Deutschland geholt", erklärt er und fühlt sich schuldig. „Ich bin nur Hilfsarbeiter, habe nie eine Ausbildung gemacht. Wir arbeiten schwer und jeden Monat sende ich Geld an meine Familie nach Sizilien."

Plötzlich redet er, ohne sich der Konsequenzen bewusst zu sein. Er hat das Bedürfnis dem Polizeibeamten zu erzählen, wer er ist, wo er herkommt. Es geht um Anerkennung. Niemand hat sich in seiner Zeit in Deutschland für ihn interessiert. Niemand hat je nach seiner Herkunft gefragt. Und nun sitzt ihm der Polizist gegenüber. Er hat das Gefühl sich erklären und rechtfertigen zu müssen.

Er ist ein guter Mensch. Sie sind eine gute Familie. Leonardo hatte Probleme mit Alkohol, aber er war kein schlechter Junge. Das Schicksal hat es nicht gut mit ihm gemeint. Eine Kindheit ohne Vater, ohne die Liebe einer Mutter und mit Erwartungen, die viel zu hoch für ihn waren. Er war der Jüngste seiner Geschwister, als ihr Vater starb. Leonardo lernte seinen Vater nie kennen, und er sah ihre Mutter nur in dunkler Depression. Leonardo wurde hin- und her gestoßen. Keiner hatte Zeit für ihn, und er fand nie den Platz in ihrer Familie. Nein, er war kein schlechter Junge. Das Leben hat ihn zu dem gemacht, wer er war.

Er besinnt sich und spricht die letzten Gedanken nicht aus. Nein, er wird es nicht erzählen! Stattdessen berichtet er über seine Zeit in

Deutschland. Er ist schlau genug zu erkennen, was er sagen darf und was nicht.

„Ich kam vor etwa zwei Jahren nach Deutschland, um ein neues Leben zu beginnen", berichtet er nun recht fließend. „Wir sind Gastarbeiter, angeworben von der Bundesrepublik Deutschland. Wir unterstützen die Wirtschaft und Industrie. Uns wurden hohe Löhne versprochen. Fachkräfte und Hilfsarbeiter fehlen in vielen Bereichen, so auch in der Baufirma, in der ich anheuerte. Wir bauen Straßen und Autobahnen."

Der Polizist hört ihm aufmerksam zu. „Sie haben recht: Viele Menschen sind nach Deutschland gekommen und haben ihre Heimat verlassen. Das ist kein leichtes Leben. Sie haben viel aufgegeben und müssen hier von vorne anfangen. Ohne Familie, ohne Freunde. Und nun diese Katastrophe." Er klingt verständnisvoll, fast nett.

„Wie gesagt, es tut mir leid", beendet er die Unterredung. „Wenn Sie möchten, benachrichtige ich jemanden, der Sie abholt."

„Nein, nein, das ist nicht nötig." Entschlossen steht Antonio auf und geht zur Tür. Wer sollte ihn abholen? Er ist allein hier in Deutschland. Weit weg von zu Hause. Leonardo ist tot.

„Auf Wiedersehen."

2

Menfi, Sizilien 1942

„Papa ist tot", flüstert Giulia. „Antonio, hörst du, Papa ist tot", ruft sie aufgeregt etwas lauter. Für den Bruchteil eines Augenblicks sieht er seine Schwester im Spalt der geöffneten Tür, bevor sie wieder im Haus verschwindet.

Antonio erschrickt zu Tode, zuckt zusammen wie nach einem Stromschlag. Die Mundharmonika, auf der er vor dem Haus zum Zeitvertreib gespielt hat, fällt mit einem klirrenden Laut zu Boden. Panisch springt er auf und folgt Giulia ins Haus.

„Was?... Papa ist... tot?", ruft er völlig hilflos und hat das Gefühl den Boden unter den Füßen zu verlieren.

Niemand antwortet.

Starr vor Entsetzen bleibt er im Türrahmen stehen, der die Küche vom Wohnzimmer trennt und schaut erschrocken in den finsteren Raum, in dem sich seine Geschwister und seine Mutter aufhalten. Antonio wagt kaum zu atmen. Die kleinen Fenster werfen nur wenig Licht in den Raum.

Es ist still. Zu still.

Seine Mutter sitzt zusammengesunken auf dem verschlissenen Sofa und weint. Der Anblick ist ihm fremd. Er hat sie noch nie weinen sehen, nicht mal als Oma vor etwa einem Jahr starb.

Sein Herz krampft. Unsicher wischt er sich mit den dreckigen Fingern die Haare aus dem Gesicht und weiß nicht, was er machen soll. Antonio hat Angst. Unglaubliche Angst. Seine Hände zittern und er hält sich am Türrahmen fest.

Antonio ist fünfzehn Jahre alt, seine Schwester Giulia ist sechzehn, sein Bruder Daniele neun, die Zwillinge Matteo und Mattia sieben Jahre und das Baby Leonardo wurde erst vor wenige Monaten geboren. Mama wiegt es auf dem Arm. Ihre Tränen fallen auf sein Gesicht.

Daniele lehnt an der Wand und blickt zu Boden. Matteo und Mattia sitzen gemeinsam in dem alten Sessel und schauen ihn fragend an. Nur mühsam gelingt ihm ein Lächeln. Mattia lächelt zurück und zieht eine Grimasse. Daniele blickt streng und er versteht, dass dieser Augenblick kein Moment für Späße ist. Papa ist tot!

Antonio kann nicht erahnen, was diese schlimme Nachricht bedeutet. Sein Vater hustete bereits seit Tagen. Er hörte es tagsüber und sogar manchmal nachts. Das Arbeiten fiel im schwer, er war schwach und verließ das Bett im Schlafzimmer des Obergeschosses nicht. Giulia erzählte vor kurzem, dass sie Blutflecken in seinem Taschentuch entdeckt hatte. Sie und Mutter hatten ihn gepflegt.

Er steht immer noch im Türrahmen und traut sich nicht sich zu bewegen. Mama wiegt Leonardo mechanisch auf ihrem Schoß hin und her. Ihr Schluchzen will nicht enden.

Er kann es nicht ertragen. Der Anblick schnürt ihm die Kehle zu.

Er rennt wieder nach draußen. Auf dem Boden glitzert seine Mundharmonika, die er vorhin nicht aufgehoben hatte. Er nimmt sie, putzt sie kurz an seiner Hose ab und setzt sich wieder im Schneidersitz auf die Holzscheite. Gedankenverloren spielt er darauf, versinkt in seinen Melodien, die seinen Geist beruhigen und ihn in eine andere Welt tragen.

Die letzten Sonnenstrahlen wärmen ihn. Ihm kommt in den Sinn, dass die Kühe noch auf der Weide sind und heimgetrieben werden müssen. Antonio überlegt, was er tun soll.

„Papa ist tot", hallen Giulias Worte in seinem Kopf.

Er sieht in Gedanken Mama mit dem Baby im Arm auf dem Sofa sitzen und hört ihr Schluchzen bis draußen. Er atmet schwer, aber er kann nicht weinen. Der Tod und die ungewohnte Situation machen ihm große Angst.

Der Junge spielt weiter auf seiner Mundharmonika, sitzt einfach nur da und starrt vor sich hin. Dann überlegt er, wer nun die Kühe melken soll, wer die Trauben ernten wird, den Wein keltern oder den Zaun repariert, der dringend repariert werden müsste. Jetzt, wo Papa tot ist.

Antonio findet keine Antworten auf seine Fragen. Vielleicht fragt er später Giulia, beschließt er und spielt auf der Mundharmonika bis es bereits anfängt zu dämmern. Das kleine Instrument ist sein größter Schatz. Er trägt es immer bei sich. Vor zwei Jahren bekam er es zu seinem Geburtstag und brachte sich selber bei darauf zu spielen. Antonio spürt die Musik, den Klang der Töne und die Harmonie von Melodien. Er liebt Musik. Musik ist neben dem Fußballspielen das Liebste in seinem Leben.

„Ich habe Essen gekocht", ruft Giulia wenig später und unterbricht seine Gedanken. „Komm bitte. Das Essen steht auf dem Tisch. Jeder nur seinen Teil, verstanden?"

„Ja klar", antwortet er.

Er läuft in die Küche, wäscht seine Hände und setzt sich zu den anderen auf die Eckbank in der Küche. Keiner sagt etwas. Eine Pfanne Bratkartoffeln steht in der Mitte des Tisches. Sechs Gabeln liegen daneben. Giulia hat mit einer Gabel Linien in die Pfanne gezogen. Jeder darf nur essen, was in seinen Linien ist. Das verstehen auch die Kleinen.

Manchmal nimmt er sich etwas aus Mattias Linien. Meistens merkt Mattia es nicht. Mattia ist schmächtig und beschwert sich nicht. Er ist oft krank. Antonio ist älter und findet, dass ihm mehr zusteht, als den Kleinen. Giulia sagt aber, dass das Essen für alle gleich sein muss und dass Mattia zunehmen soll, weil er zu dünn ist.

Die Stimmung ist drückend. Giulia und Daniele essen nicht. Daniele sagt, er kriege keinen Bissen hinunter, und auch die Zwillinge stochern nur mit der Gabel in der Pfanne ohne zu essen. Auch ihnen scheint der Appetit vergangen zu sein.

Das ist sehr ungewöhnlich, denn oft gehen sie ohne Abendessen ins Bett und können daher nicht einschlafen.

Antonio ist hungrig und weiß nicht, was richtig ist. Unsicher schaut er Giulia an. Dann nimmt er seine Gabel und isst die Kartoffeln in seinen Linien und sogar noch etwas von den anderen. Nach dem Essen geht er wieder nach draußen und spielt auf seiner Mundharmonika.

Es ist schon fast dunkel als Giulia aus dem Haus kommt. Sie setzt sich zu ihm und hört seiner Musik zu. Er macht eine Pause.

„Was passiert nun, wo Papa tot ist?", fragt er ratlos.

Es dauert einen Moment, bis Giulia eine Antwort findet.

„Ich weiß es nicht genau. Wir müssen die Arbeit aufteilen. Jeder muss etwas übernehmen, auch die Kleinen. Du wirst die Arbeit von Papa übernehmen müssen. Den Weinberg, die Ernte, die Abfüllung", bestimmt sie.

„Was? Ich? Ich alleine? Das kann ich nicht! Ich habe das noch nie zuvor gemacht", protestiert er. Entsetzt springt er auf und stellt sich breitbeinig vor sie. Ihm wird heiß vor Aufregung.

„Was sagst du da? Ich soll den Weinberg übernehmen? Giulia, das kann ich nicht!"

Er stützt seine Hände in die Seiten. Der Gedanke, dass er Vaters Arbeit übernehmen soll, ist absurd und völlig abwegig. Sie kann es nicht ernst meinen.

„Du wirst es lernen! Gott hätte Papa nicht sterben lassen, wenn er nicht sicher wäre, dass du es schaffen würdest", antwortet sie entschlossen.

„Warum, sag mir, warum ist es geschehen?", jammert Antonio.

„Das kann ich dir nicht sagen. Es gibt Dinge, die nicht in unserer Macht stehen. Wir müssen lernen sie zu akzeptieren. Es macht keinen

Sinn darüber nachzudenken, warum es passiert ist und was wir hätten anders machen können. Zudem macht es keinen Sinn uns Vorwürfe zu machen. Manche Dinge müssen wir so annehmen, wie sie kommen. Papas Tod gehört dazu. Wir müssen nach vorne schauen. Wir müssen sehen, wie es weitergeht. Wir haben Verantwortung für unsere Familie und für unsere Kleinen. Mama wird keine große Unterstützung sein. Sie trauert so sehr um Vater. Es wird an uns hängenbleiben."

Still hört er ihre Erklärung, die sein Entsetzen etwas verblassen lässt. Er schaut Giulia nachdenklich an. Sie ist hübsch. Ihre dicken langen Haare sind zu festen Zöpfen geflochten. Sie trägt einen weiten zerschlissenen Rock und sieht dennoch beinahe königlich aus. Sie ist groß, genau wie er und sie hat eine aufrechte Haltung. Die Arbeit auf dem Hof und in den Weinbergen hat ihr eine schöne Bräune gegeben. Auf ihrer Nase sind ein paar Sommersprossen und unter ihrer Bluse kann man sogar ihre Brüste wahrnehmen.

„Bist du nicht traurig?", fragt er nachdenklich.

„Doch, natürlich! Papa wird uns sehr fehlen, aber wir haben eine große Verantwortung für die Familie, das Weingut und den Hof." Damit steht sie auf und geht zum Haus.

„Hol die Kühe von der Weide", ruft sie ihm zu ohne sich umzudrehen.

„Du schaffst das!"

3

Ihre Familie wohnt im Westen von Sizilien in Menfi, in der Provinz Agrigent. Sie bewirtschaften einen kleinen Weinberg und produzieren Marsala, einen alkoholstarken Süßwein, der in der Region sehr gefragt ist. Sie ernten die Trauben, füllen ab und verkaufen den Wein auf den nahen Märkten.

Seine Großeltern wanderten vor Jahren in diese Küstenregion aus. Es wäre lukrativer und man könne mehr Geld verdienen als im Landesinneren, hieß es. Als sein Großvater vor mehreren Jahren starb, übernahmen seine Eltern den Weinberg. Sein Vater lernte den Beruf des Weinbauers bei seinem Vater, der ähnlich wie er damit aufgewachsen war und bereits als Kind bei der Weinernte half. Oft sprach er darüber zu expandieren, also den Wein auf dem Festland und in andere Teile Europas zu verkaufen. Dafür fehlte jedoch das Geld, und wahrscheinlich wusste er auch nicht genau, wie er dabei vorgehen sollte. Vielleicht fehlte ihm auch der Mut.

Spät am Abend fordert Giulia die Geschwister auf, sich an den Küchentisch zu setzen. Sie blicken sie erwartungsvoll an.

„Papa ist tot", sagt Giulia mit kühler Stimme und zu den Zwillingen etwas sanfter, „Er kommt nicht mehr wieder, versteht ihr?"

Die Kleinen schauen sie mit großen Augen an und nicken.

„Auch nicht an Weihnachten", fragt Mattia leise.

„Nein, auch nicht an Weihnachten!"

Giulia macht eine Pause.

„Er ist jetzt im Himmel, weil er krank war und nicht gesund werden konnte", fügt sie milde hinzu. Mattia schaut sie traurig an und kaut an den Fingernägeln.

„Lass das. Ich will nicht mehr sehen, dass du an den Nägeln kaust, verstanden?" Sofort nimmt Mattia die Finger aus dem Mund und schaut verlegen nach unten.

„Wir müssen Papas Arbeit aufteilen. Daniele, du kümmerst dich um die Kühe. Morgens mistest du den Stall aus und bringst die Kühe zur Weide."

Daniele nickt und richtet ebenfalls seinen Blick nach unten.

„Jeden Tag vor der Schule und abends führst du sie wieder in den Stall und melkst sie. Die Zwillinge können dir dabei helfen," fügt Giulia streng hinzu. „Hast du verstanden?"

„Ja", sagt Daniele leise. Die Zwillinge nicken und freuen sich über die Aufgabe.

„Antonio, du kümmerst dich um den Weinberg. Du weißt was zu tun ist", bestimmt sie.

„Mama wird mit dem Baby genug zu tun haben. Ich werde ihr im Haushalt helfen."

„Ich kann mich nicht um den Weinberg kümmern!", wirft Antonio entrüstet ein. „Wie soll das gehen? Ich weiß nicht, wie alles abläuft."

„Du hast lange genug zugeschaut. Natürlich kannst du es!", antwortet Giulia zuversichtlich.

„Ich habe noch nie...", wendet er ein.

„Du schaffst es!", unterbricht sie ihn. „Ich bin überzeugt, dass du es hinkriegst. David wird dir helfen. Außerdem hat Vater vor seinem Tod das Wichtigste aufgeschrieben. Es ist eine Art Anleitung für dich. Ich gebe sie dir später. Wir müssen in Kürze mit der Ernte beginnen."

Antonio wird's heiß. David ist ein älterer Erntehelfer aus dem Nachbardorf und kommt regemäßig zur Ernte zu ihnen. Er ist unzuverlässig und faul. Der Gedanke daran lässt ihn wütend werden.

Er soll den Weinberg alleine bestellen? Alle Arbeiten alleine ausführen? Er ist doch erst 15 Jahre alt, und er geht noch zur Schule. Seine Augen füllen sich mit Tränen. Es sind Tränen der Verzweiflung und der Wut. Er kann das nicht!

Nein. Nicht weinen. Er ist der älteste der Geschwister. Sogar die Kleinen haben ihre Arbeit angenommen. Aber er ist davon überzeugt, dass er sie nicht bewältigen kann!

„David wird dir helfen", wiederholt Giulia mit fester Stimme und erkennt seine Verzweiflung.

Er schaut Giulia mit Verachtung an. Sie weiß genauso gut wie er, dass David keine Hilfe ist. Meistens ist er betrunken und riecht fürchterlich nach Alkohol.

„David ist keine Hilfe", spricht er seine Gedanken aus. Er hat große Lust sich mit ihr zu streiten. Wie soll er diese Aufgabe schaffen? Mit dieser Entscheidung legt Giulia sein ganzes Leben fest. Er will Fußball spielen, Musik machen und das Leben kennenlernen. Er weiß wie hart Vater jeden Tag gearbeitet hat. Und nun er? Das gleiche Leben? Ständig hatte seine Familie zu wenig Geld. Täglich die harte Arbeit.

„Frag David", befiehlt sie. „Er kennt sich auf dem Weinberg aus und kann dir das Keltern zeigen. Er ist besser als du denkst".

Seine Brüder schauen ihn ängstlich und mit großen Augen an. Von oben hört er Leonardo weinen. Alle warten gespannt auf seine Antwort. „Ich...aber...", beginnt er, aber Giulia unterbricht ihn erneut.

„Matteo und Mattia, ihr füttert morgens die Hühner und holt die Eier aus dem Hühnerstall. Jeden Tag! Ist das klar?"

Matteo lächelt. „Kein Problem für uns."

Er boxt Mattia in die Rippen. Beide nicken und kichern.

4

In den nächsten Wochen beginnen sie mit der Ernte. Antonio steht zeitig auf und fällt nach der schweren Arbeit abends todmüde ins Bett. Sie ernten weiße und rote Trauben für weißen und roten Marsala. Er trägt einen Korb auf dem Rücken, sammelt darin die Weintrauben von endlosen Weinreben in ebenso endlosen Reihen und bringt die Trauben zum Hof zurück. Die Arbeit ist anstrengend, und es bleibt keine Zeit für die Schule oder fürs Fußballspielen. Dazu ist der September heiß, und die Tage scheinen abends nicht abzukühlen.

Seine Mutter sieht er kaum. Giulia sagt, sie sei krank und verbringe daher die meiste Zeit in ihrem Schlafzimmer.

„Sie hat ein gebrochenes Herz", erklärt sie ihm, aber er kann damit nichts anfangen. Vielleicht ist er auch zu sehr mit seiner Arbeit beschäftigt, um sich darüber Gedanken zu machen.

Giulia sorgt für die Familie. Sie kocht, kümmert sich um Leonardo und die Zwillinge und hilft Daniele bei der Stallarbeit und den Hausaufgaben.

Für Antonio ist es das letzte Jahr in der Schule. Es ist durchaus üblich, dass die Kinder im Dorf in der Erntezeit nicht zur Schule gehen, um bei den Arbeiten auf dem Hof zu helfen. Das machen viele Kinder aus ihrem Dorf ebenso. Giulia spricht mit dem Lehrer, der ihre Situation kennt und zustimmt, dass Antonio für die Erntezeit die Schule nicht besuchen muss. Ausdrücklich weist er jedoch darauf hin, dass Antonio das Abitur schreiben solle. Giulia lächelte milde, als sie es Antonio erzählt. Er ist ein guter Schüler und insgeheim macht es ihn stolz, dass sein Lehrer ihm das Abitur zutraut. Mit Abitur wird er Musiker, denkt er. Das weiß er genau.

*

David hilft Antonio bei der Ernte, ebenso Daniele und die Zwillinge. Giulia kommt hin und wieder dazu, und sie heuern noch ein paar Jungen aus seiner Klasse an. So macht die Ernte Spaß, auch wenn sie meistens schweigsam nebeneinander arbeiten.

Eines Tages bringt Giulia ihre Freundin Lucia mit. Antonio kennt sie bereits aus der Schule. Lucia verändert die Atmosphäre deutlich. Sie ist nicht nur hübsch, sie ist lebhaft, lacht viel und meistens singt sie bei der Arbeit. Sie trägt einen langen Rock und eine Bluse mit Spitze und Ausschnitt. Und sie trägt keine Zöpfe wie Giulia sondern die Haare offen, nur mit einer Haarspange zusammen. Sein Herz klopft, wenn er in ihre Richtung sieht.

Antonio bringt immerzu die Trauben vom Weinberg in die Kelterei, ist oft weg, daher spricht er kaum mit ihr. Aber er lobt sie für ihren vollen Korb. Dann lächelt sie ihn verlegen an.

„Wie heißen die Trauben?", fragt sie einmal ohne von ihrer Arbeit aufzublicken.

„Die weißen heißen Catarratto und Grillo und die roten Trauben sind die Sorten Nero d`Avola und Nerrello".

Verlegen schaut er sie an. Er hat Vaters Aufzeichnungen so oft gelesen, dass er sie fast auswendig kann. Nächtelang hat er versucht die Abläufe zu lernen und die Zusammenhänge herauszufinden.

Lucia hebt den Kopf und schaut ihm in die Augen. „Was du alles weißt".

Sein Herz hüpft vor Freude.

*

Nach der Gärung wird der Grundwein je nach Sorte mit Weingeist gespritet oder zusätzlich mit eingekochtem Traubenmost-Konzentrat, süßem Most oder Weingeist versetzt.

Für mehr Charakter, so hatte Vater es aufgeschrieben, sorgt der Verschnitt mit bereits gereiftem Marsala. Für unterschiedliche Qualitäten sind die Lagerzeiten im Eichenfass verantwortlich.

Antonio versucht alles richtig zu machen und entwickelt mit der Zeit ein feines Gespür für den Geschmack, die Farbe, Süße und Qualitätsstufen des Marsalas. Giulia lobt ihn eines Abends, als er aus der Kelterei kommt und ihr eine Probe mitbringt.

„Besser hätte es Papa nicht machen können", sagt sie, und er muss fast weinen, weil er so stolz ist.

Antonio geht nicht mehr zur Schule. Er kauft sich Bücher über die Weingewinnung, über die Ernte, den Gärprozess, die Abfüllung und das Keltern. Er lernt aus Büchern, wie er die Preise kalkuliert, wie er Rechnungen schreibt und welche Maßnahmen er ergreifen kann, um den Absatz zu erhöhen.

Schon im nächsten Jahr kann er bestimmen, dass Ambra eine bernsteinfarbene Farbe aufweist und Oro für Gold und Rubino für Rubinrot steht. Er experimentiert nächtelang mit dem Restzuckergehalt wie ein Wissenschaftler, dokumentiert jede Veränderung und entwickelt verschiedene Varianten des Marsalas. Vergine hat sehr wenig Zucker und ein Abboccato oder Dolce haben eine besondere Süße. Er variiert die Dauer der Reife im Holzfass, führt akribisch Buch über die Veränderungen im Geschmack, bestimmt die Farbunterschiede und kann schon bald die guten Ergebnisse von schlechten unterscheiden. Antonio findet heraus, dass der Geschmack eines Marsalas nach einem Jahr Reife im Holzfass zwar gut ist, die längere Reifezeit aber für die Qualität entscheidend ist.

*

Es vergehen arbeitsreiche Jahre, in denen Antonio sein Wissen über den Anbau von Trauben und die Gewinnung von Wein anhäuft. Er lebt für das Weingut, es ist seine Berufung. Ihm kann keiner etwas vormachen. Es gibt nichts, was er noch lernen kann – zumindest nicht in seinem kleinen Dorf und auf ihrem Weingut. Alle ihm zugänglichen Bücher und

Veröffentlichungen hat er gelesen. Zudem steigen ihre Umsätze stetig. Giulia verwaltet die Bücher mit großer Sorgfalt. Sie ist seine engste Vertraute. Während er sich um die Produktion kümmert, erledigt sie die Buchführung und verkauft ihren Marsala auf den Märkten und in einigen Geschäften in der nahen Umgebung.

Ihre Mutter ist kaum zu sehen. Meistens ist sie krank und liegt im Bett. „Gebrochenes Herz", sagt Giulia immer nur, wenn Antonio darüber reden möchte. „Man kann ihr nicht helfen", fügt sie hinzu, wenn er ratlos ist, sich Sorgen macht und Erklärungen sucht.

Die Zwillinge wachsen heran und helfen bei der Arbeit auf dem Weingut. Matteo spielt die Kirchenorgel im Dorf und liebt Noten. Mattia liest viel, liebt Mathematik und hilft Matteo bei den Hausaufgaben. Daniele hat eine Lehre als Schreiner in einem Nachbardorf begonnen. Und Giulia kümmerte sich um den kleinen Leonardo, der inzwischen die Dorfschule besucht. „Er redet kaum und spielt nicht mit anderen Kindern", sagt der Lehrer. Doch er liest schon und borgt sich die Bücher von seinen Brüdern. Sie lassen ihn. Er macht kaum Arbeit, scheint glücklich in seiner Welt, so dass sie sich keine Sorgen machen.

5

„Komm…", flüstert Antonio leise und nimmt Lucia an die Hand. „Wir verschwinden von hier."

Er lacht freudig und sie rennen in die Dunkelheit, fernab vom Trubel des Dorffestes, von der Musik und den Menschen.

Sie laufen Hand in Hand über den dunkeln Feldweg zu Antonios Weingut. Lucia lacht vergnügt. Er lässt ihre Hand nicht los. „Komm schon", jauchzt er, „nur weg von hier!"

„Wohin?" ruft Lucia außer Atem „Wohin laufen wir?"

„Warte ab. Vertraue mir!"

„Ich kann nicht mehr", schnauft sie und verlangsamt ihren Schritt.

„Wir sind gleich da. Siehst du da vorne die Hütte?"

Er zeigt auf die dunklen Umrisse einer kleinen Hütte, deren Dach im Schein des Mondes glitzert.

Die Hütte gehört zu ihrem Weingut und steht am Fuße des Weinberges. Im Obergeschoss lagern sie Heu für den Winter und bei schlechtem Wetter dient sie als Unterschlupf für Erntehelfer. Unten gibt es eine kleine Stube, in der man sich aufhalten kann. Der Schlüssel steckt in einem kleinen Astloch im Rahmen der Tür. Antonio findet ihn sofort und schließt die Tür auf. Der Mond wirft ein helles Licht in das Dunkel der Hütte.

„Warte, ich mache etwas Licht." Erst jetzt lässt er Lucias Hand los und entdeckt eine Petroleumlampe, die er anzündet.

„Komm schon, trau dich!", sagt er liebevoll.

Zaghaft betritt sie den Raum. „Es ist schön hier", flüstert sie etwas schüchtern.

Sein Herz klopft bis zum Hals. Er ist total aufgeregt.

„Wir können nach oben gehen", bringt er leise hervor. „Dort ist ein Heulager."

Er schnappt sich eine Decke vom Schemel und klettert damit die Steige hinauf. Lucia folgt ihm schweigend. Oben breitet er die Decke auf dem Heulager aus und zieht Lucia langsam zu sich. Sie kichert.

„Es ist wirklich schön hier", bringt sie lachend hervor.

Durch eine Dachluke scheint der Mond genau auf sie. Schüchtern legen sie sich auf die Decke und schauen durch die Luke in den Himmel.

„Mach bitte das Licht aus!", sagt Lucia sanft. „Dann ist es noch schöner." Sie liegen eng beieinander. Er kann ihre Nähe spüren. Ihre Haare kitzeln sein Gesicht. Er ist aufgeregt und beugt sich über sie. Er küsst sie zärtlich.

Es ist sein erster Kuss. Der erste Kuss, den er einem Mädchen gibt. Es fühlt sich wunderbar an. Ihre Lippen sind so weich, und er spürt ihre Brüste an seinem Körper. Sie fühlt sich toll an. Im Schein des Mondlichts sieht er ihr Gesicht. Sie lächelt.

„Du bist so schön", flüstert er und fährt mit den Fingern über ihr Gesicht, über ihre Schläfen, über ihren Mund. Sie lächelt.

„Das war mein erster Kuss", gesteht Lucia zaghaft.

Er schwebt. Was für ein Gefühl. Er lässt sich glücklich wieder neben sie fallen. „Ich mag dich schon seit dem Moment, als du zum ersten Mal bei unserer Ernte geholfen hast", flüstert er und küsst sie erneut.

„Das ist mehr als acht Jahre her. Was hast du in dieser Zeit gemacht? Ich habe dich in den letzten Jahren kaum gesehen," antwortet sie nachdenklich.

„Ich habe gearbeitet und bin erwachsen geworden", fügt Antonio selbstbewusst hinzu.

Sie liegen eng aneinander, er hält ihre Hand und noch immer schauen sie durch die Dachluke in den Himmel. Noch immer scheint der Mond genau auf sie. Der Moment ist so intensiv, dass er unfähig ist zu sprechen. Seine Aufregung ist von ihm gewichen. Er liegt einfach nur da und hält Lucias Hand.

Plötzlich erzählt er von der Arbeit auf dem Weingut, von seinen anfänglichen Ängsten zu versagen, von den Trauben, von verschiedenen Möglichkeiten der Produktion, von unzähligen Büchern, die er darüber gelesen hat, von dem guten Marsala und von den gestiegenen Umsatzzahlen.

„Es läuft inzwischen besser als zu dem Zeitpunkt, als ich das Weingut übernommen habe. Wir haben einiges geändert und neue Kunden gewonnen", erklärt er.

„Du kannst stolz auf dich sein. Du warst jung als sie dir die Verantwortung gegeben haben. Du hast viel gelernt, warst sehr fleißig. Das hätten nicht viele geschafft", antwortet sie anerkennend.

Er freut sich über ihren Zuspruch und kann sich nicht daran erinnern, dass ihn jemals jemand gelobt hat. Niemand hat ihm je gesagt, dass er stolz auf ihn ist. Und nun sagt Lucia es. Ihm wird heiß, und er ist froh, dass sie nicht sieht, wie er weint.

Für eine Weile herrscht Stille.

„Bist du glücklich?", fragt sie.

Er ist erstaunt über diese Frage und denkt einen Moment nach. „Weiß nicht. Ich habe nie darüber nachgedacht", antwortet er zögerlich.

„Du hast nie darüber nachgedacht, ob du glücklich bist?"

„Nein, die Frage hat sich nie gestellt. Ich habe immer getan, was ich tun musste, was von mir verlangt wurde und was als Nächstes notwendig war. Ich habe immer versucht alles so gut wie möglich zu erledigen. Meistens ließ mir der Tag kaum Zeit, um derartige Fragen zu stellen. Mein Vater ist früh verstorben, und meine Mutter ist sehr krank. Ich habe fünf Geschwister, die versorgt werden müssen. Alles hat sich immer darum gedreht zu überleben."

„Hast du nie in Frage gestellt, was du machst?", bohrt sie weiter.

„Nein, es kam alles zu mir. Ich hatte keine Wahl und habe die Herausforderungen angenommen, die mir das Leben gegeben hat. Ich bin gut in meinem Beruf, und ich mache ihn gerne. Manchmal...", er stockt.

„Was?"

„Manchmal denke ich, was gewesen wäre, wenn Papa nicht so früh gestorben wäre. Wenn ich es selber in der Hand gehabt hätte zu entscheiden, welchen Beruf ich erlerne. Ich glaube ich hätte etwas anderes gemacht."

„Du hättest etwas anderes gemacht? Was denn?"

Nur langsam kann er die Sätze formulieren. Sie kommen aus seinem Innersten. Er hat sie noch nie laut gesprochen. Dieser Moment scheint magisch. Es ist so, als ob er sein Innerstes nach außen kehrt. So, als ob er sich gerade neu kennenlernt.

„Ich wäre Musiker geworden. Ich... ich hätte Cembalo gelernt, hätte Musik studiert, würde in einem Orchester spielen und nach Europa reisen, nach Wien, Salzburg, München. Ich habe darüber gelesen. Es gibt schöne Opernhäuser in Europa", sprudelt es aus ihm heraus.

„Woww...", anerkennend beugt sie sich über ihn und gibt ihm einen Kuss. „Antonio der bekannte Cembalospieler aus einem kleinen Dorf in Sizilien spielt an der Oper von Wien."

Sie macht sich lächerlich über ihn, denkt er und bereut, dass er seine Träume so offen erzählt hat. Doch sie wertet es ganz und gar nicht lächerlich.

„Du hast einen großen Traum für deine Familie aufgegeben", fährt sie fort, ohne Umschweife und bringt es auf den Punkt. „Warum gehst du nicht nach Europa, studierst Musik und lebst deinen Traum? Deine Geschwister sind inzwischen alt genug. Vielleicht wirft der Weinberg so viel ab, dass ihr einen Vorarbeiter einstellen könntet, der deine Arbeit verrichten würde. Dein Bruder Daniele könnte ebenfalls auf dem Weingut helfen."

Sie macht eine kleine Pause. „Denk doch einmal darüber nach, wie es klappen könnte. Du hast einen Traum, also lebe ihn!"

Er ist verwundert, fast geschockt. Einfach alles hinschmeißen, um seine Träume zu leben. Das ist absurd und ein neuer Gedanke für ihn. Dennoch gefällt ihm ihr freier Geist und die Blickrichtung auf die eigenen Träume und Wünsche.

Das sind Gedanken, die ihm von seinen Eltern nicht vermittelt wurden. Er denkt einen Moment darüber nach, und Lucia schweigt provozierend, um seine Antwort abzuwarten.

„Das geht nicht. Ich kann meine Familie nicht im Stich lassen und meinen Träumen hinterherjagen. Ich trage die Verantwortung für meine Familie. Außerdem habe ich keine Ersparnisse, und mir macht die Arbeit Freude."

„Und dir fehlt der Mut!", zischt sie ihn genervt an. „Wie allen hier im Dorf. Keiner traut sich etwas, alle bleiben in diesem kleinen Kaff. Ich gehe nach Rom, das weiß ich ganz sicher. Ich werde eine Tanzschule besuchen und Gesang studieren."

Sie ist aufgesprungen, macht ein paar Tanzschritte, schwingt ihren Rock und hüpft vor ihm hin und her.

„Warte ab, du wirst mich eines Tages auf einer Bühne sehen und mir Beifall klatschen. Ich werde Tänzerin oder Schauspielerin", ruft sie laut und überschwänglich.

Er muss lachen. „Träum weiter, wunderschöne Lucia. Träume ein Leben, das du nie haben wirst! Du wohnst in einem kleinen Dorf, deine

Eltern betreiben eine Landwirtschaft. Niemand wird dir das Schauspielen beibringen", zweifelt er und zerstört mit ein paar Sätzen ihre ganze Begeisterung.

„Warte ab!" Sie setzt sich wieder und schaut ihm ernst in die Augen. „Denk darüber nach, ob du glücklich bist!"

Sie lächelt, streicht mit dem Finger über seine Lippen und küsst ihn zärtlich. Er genießt den Kuss und zieht sie noch fester an sich heran. Im Kuss verschmelzen sie bis das Mondlicht in ein erstes Morgengrauen übergeht.

„Lass uns gehen, ich bringe dich nach Hause", flüstert er später. Sie steigen die Stiege hinunter, verschließen die Hütte und schlendern eng umschlungen durch die milde Nacht.

„Das war der schönste Abend meines Lebens", sagt sie zum Abschied. Liebevoll küsst sie ihn kurz und läuft zu ihrem Haus.

Sie dreht sich noch einmal um und winkt fröhlich, bevor sie die Haustür öffnet.

Aufgeregt tritt er den Rückweg an. Er ist völlig durcheinander.

Ihr Lächeln, die Küsse, die Anziehung, der Duft ihrer Haare, die warmen runden Brüste auf seinem Körper. Er lächelt, tanzt, rennt, und er merkt nicht, dass ein leichter Regen auf ihn niederfällt.

Er tanzt wieder, flötet, dann singt er, bis er zu Hause leise die Tür aufschließt.

Das Haus ist ruhig. Das ist selten. Irgendjemand ruft hier ständig, die Jungs streiten oder lachen schallend. Irgendetwas hört man immer. Allein ist er nie. Er liebt sie alle, manchmal hasst er sie. Er weiß, dass das ungerecht ist und dass er das nicht denken darf.

Erschöpft legt er sich ins Bett, schließt die Augen und sieht Lucias Gesicht nah vor sich. Damit versinkt er in einen tiefen traumlosen Schlaf.

6

In den nächsten Wochen kann er sich kaum auf seine Arbeit konzentrieren. Es ist Sommer, und sie stehen kurz vor der Ernte. Alles muss sorgfältig vorbereitet werden. Die Helfer müssen ihre Verträge erhalten, der Schnittplan muss geschrieben werden und die Scheren, Handschuhe oder Körbe bereitstehen. Zudem haben sie sich für ein neues Etikett entschieden, das moderner ist und zukünftig auf den Flaschen aufgeklebt werden soll.

Er ist fahrig und unkonzentriert. Immer wieder denkt er über Lucias Frage nach. Bist du glücklich?

Ist das das Leben, das er sich vorgestellt hat? Und was genau ist sein Traum? Wäre er als Musiker vielleicht erfolgreicher? Was würde aus seiner Familie, wenn er sich für einen anderen Weg entscheiden würde?

Seine Gedanken überschlagen sich, wann immer er Zeit findet darüber nachzudenken. Es sind viele neue Denkansätze, die er nie zu denken gelernt hatte.

Lucia hat ihm in dieser Nacht die Freiheit der Gedanken gezeigt. Dieses Gefühl beflügelt ihn. Er spürt eine nie da gewesene Energie. Fast ist er süchtig danach, wie eine Art Rausch, die er nur erlebt, wenn er seinen Gedanken freien Lauf lässt.

Er beschließt die Gedanken zu ordnen, und möchte zunächst feststellen, was genau seine Träume sind. Dazu nimmt er ein altes Schulheft und schreibt seine Träume auf eine leere Seite. Täglich überprüft er, ob sich seine Träume geändert haben. Manchmal streicht er etwas durch, schreibt es wieder hin und am Ende hat er fünf Träume aufgeschrieben, die er immer und immer wieder liest: Er möchte nach Europa reisen, am liebsten nach Deutschland. Darüber hat er ein Buch gelesen, und es faszinierte ihn. Er möchte in einer großen Stadt leben, seinen Marsala verkaufen, damit viel Geld verdienen und neue Menschen kennenlernen. Und er möchte Musiker werden.

Seine Gedanken haften mehr und mehr an der Idee etwas Neues zu beginnen. Er möchte nicht sein ganzes Leben in dem kleinen Dorf wohnen, und nicht jeden Tag auf ihrem Weingut arbeiten. Plötzlich kann er sich das nicht mehr vorstellen. Vielmehr möchte er die Welt sehen, andere Städte, München, Wien und Salzburg. Er hat Sizilien noch nie verlassen. Er war noch nicht in Rom.

Die Gedanken der Veränderung beschäftigen ihn. Dazu quält ihn die Frage, ob er glücklich ist.

Er kann es nicht beantworten.

Er kennt nur dieses eine Leben. Um zu erfahren was Glück ist, müsste er das Unglück kennen, aber auch das hat er nicht kennengelernt. War Vaters Tod ein Unglück? Sie haben daraus das beste Weingut im Ort gemacht. Das kann kein Unglück gewesen sein, wenn es ihm diese Chancen geboten hat.

*

Eines Abends sitzen Giulia und er auf der Veranda und trinken ein Glas Wein zusammen.

„Was ist mit dir los, Antonio? Du hast dich verändert, du bist stiller geworden. Was beschäftigt dich?", fragt sie sanft.

Er überlegt, ob er sie an seinen Gedanken teilhaben lassen kann.

Er braucht einen Moment, um zu antworten.

„Bist du glücklich?", fragt er zögernd.

Sie ist überrascht, schaut ihn verwundert an. Es dauert einen Augenblick, bis sie antwortet.

„Ja. Ich bin sehr glücklich. Ich liebe die Kinder, das Haus und die Arbeit auf dem Weingut. Es gibt nichts, was ich ändern würde. Vielleicht werde ich irgendwann einen Mann kennenlernen und eigene

Kinder haben, aber das hat noch Zeit. Ich möchte hier leben und nirgends anders."

Er ist erstaunt über die Klarheit in ihrer Aussage. „Es gibt nichts, was du verändern möchtest?"

„Nein, nichts! Und du?", antwortet sie ohne zu zögern.

Es fällt ihm schwer die richtigen Worte zu finden.

„Manchmal denke ich, dass ich etwas von der Welt sehen möchte. Ich möchte nach Europa, ich möchte Deutschland kennenlernen und Österreich."

Von seinen Träumen als Musiker erzählt er nichts. Es würde sie verletzen. Sie würde erkennen, dass er das Weingut nur für die Familie bewirtschaftet und nicht für sich.

„Ja, das kann ich verstehen. Gönn` dir doch nach der Ernte einen Urlaub. Wir können es uns erlauben. Vielleicht nimmst du die Zwillinge mit. Sie würden sich freuen, mal rauszukommen. Fahrt nach Rom und besichtigt den Vatikan."

„Ja, das ist eine schöne Idee".

Es ist nicht im Entferntesten das, was er sich von seinem Leben erträumt hat, aber allein die Vorstellung, dass es auch für Giulia etwas Anderes gibt als das Weingut, erfüllt ihn mit Freude, und beinahe muss er weinen. Sie haben in den letzten Jahren so viel geschafft. Sie haben Vaters Tod verkraftet, sie haben fleißiger gearbeitet als alle anderen im Dorf und sie produzieren den besten Marsala in der Umgebung.

Warum sollten sie nicht mal ein paar Tage Urlaub machen und Rom anschauen. Er könnte Lucia fragen, ob sie mitfahren möchte, aber wahrscheinlich würden es ihre Eltern nicht erlauben. Er ist erfreut und in diesem Moment spürt er zum ersten Mal in seinem Leben eine tiefe Zufriedenheit. Eine Idee, die sein Herz tanzen lässt und die ihm plötzlich neue Energie gibt.

„Du lächelst ja. Das habe ich bei dir noch nie gesehen", stellt Giulia schmunzelnd fest.

Ja, er lächelt und gleichzeitig muss er weinen. Tränen laufen über seine Wangen. Er spürt zum ersten Mal, dass er wirklich glücklich ist.

Mit diesen Gedanken verabschiedet er sich freudig von Giulia und geht ins Haus. Er wird nach Rom reisen. Und er kann nicht ahnen, dass diese Reise sein Leben verändern wird.

7

Die Zwillinge sind begeistert von der Idee nach Rom zu reisen und dort ein paar Tage zu verbringen. Der Gesundheitszustand ihrer Mutter verschlechtert sich zunehmend, sie verlässt kaum das Schlafzimmer und ist nicht ansprechbar. Ihre Depression legt sich auf ihrer aller Gemüt, und so nehmen sie es als wohltuende Abwechslung, das Haus für eine Zeit zu verlassen, auch wenn sie es nicht offen aussprechen. Giulia versichert, dass sie alleine gut zurechtkommt, und vielleicht ist sie auch froh darüber, dass das Haus etwas leerer wird.

Fast schon mechanisch erledigen sie die Ernte. Sie sind ein eingespieltes Team aus zuverlässigen Angestellten und ungelernten Erntehelfern. Die Abfüllung läuft mit einer von ihnen eigens konstruierten Abfüllanlage viel schneller und weniger aufwändig als früher. Mit Stolz kleben sie nach der Abfüllung neue Etiketten auf die Flaschen, die ihrem Marsala ein modernes und edles Aussehen verleihen.

Nebenbei laufen Antonios Vorbereitungen für die Reise nach Rom. Er besorgt sich Bücher und liest über den Vatikan, das Colosseum, die Basilika Sankt Paul und die Restaurants der Stadt. Schlussendlich sitzen sie im Zug, der sie von Palermo nach Messina bringt. Mit einem Schiff überqueren sie die Meerenge, dann geht es mit dem Zug weiter nach Neapel und Rom.

Die Zwillinge sind ebenso aufgeregt wie Antonio und sind begeistert. Im Zug genießen sie die wunderbare an ihnen vorbeiziehende Landschaft, und Antonio beantwortet jede Menge Fragen über Neapel und Rom, die ihm die Zwillinge stellen.

Erschöpft kommen sie in ihrer bescheidenen Unterkunft in Rom an, ein kleines schmuckloses Zimmer in einer engen Seitenstraße unweit des Stadtzentrums. Sie schlendern durch Rom, schauen sich die Sehenswürdigkeiten an, stehen stolz auf dem Petersplatz und laufen beeindruckt durch das Colosseum.

Abends essen sie in einfachen Restaurants. Antonio fällt auf, dass die Restaurants keinen Marsala anbieten. Beim nächsten Besuch fragt er den freundlichen Kellner mit einer schmutzigen Schürze danach. „Haben Sie Marsala?"

„In Rom ist es schwer Marsala einzukaufen. Ich versuche immer wieder Marsala aus Sizilien zu bekommen, aber es ist fast unmöglich. Der Marsala aus Sizilien ist der Beste".

Antonio freut sich das zu hören und erzählt von seinem Weingut auf Sizilien, von den unterschiedlichen Produktionsverfahren und verschiedenen Sorten des Marsalas und von den feinen Nuancen des Herstellungsprozesses, die die besondere Qualität und den ausgezeichneten Geschmack ausmachen.

„Bring den Marsala nach Rom. Ich habe drei Restaurants in Rom. Meine Gäste mögen den Marsala aus Sizilien. Ich kaufe ihn dir ab", bietet der Gastwirt überschwänglich an.

Die Zwillinge sitzen schweigend daneben und lauschen dem Gespräch mit offenem Mund.

„Ja, das werde ich gerne machen, sobald ich zurückfahre", verspricht Antonio. Er freut sich insgeheim mehr über dieses Gespräch, als es sein Äußeres vermuten lässt. Welch ein Glück, dass er nicht einen Kellner, sondern den Inhaber von drei Restaurants angesprochen hat.

Sie sprechen über die Anzahl der Flaschen, über den schwierigen Versand und die Lagerbedingungen und zuletzt über den Preis. Antonio sagt ihm einen höheren Preis pro Flasche, als es bei ihnen im Dorf üblich ist und verhandelt, dass sich der Restaurantbesitzer an den Versandkosten beteiligt. Am Ende besiegeln sie per Handschlag ihr Geschäft, und er schlägt in die fleischige und verschwitzte Hand des Inhabers ein. Mit keiner Miene lässt er den übergewichtigen Restaurantbesitzer spüren, dass dieses sein erstes Versandgeschäft ist und dass er nicht im Traum damit gerechnet hat, hier in Rom Geschäfte zu machen.

Als sich der Restaurantbesitzer den anderen Gästen zuwendet, stößt er mit den Zwillingen auf das Geschäft an, die erstaunt dem Gespräch gefolgt waren. Plötzlich muss er lachen, und die Zwillinge stimmen in das Gelächter ein. Mit dieser zufälligen Begegnung hat er seinen ersten Kunden in Rom gewonnen.

Antonio ist überglücklich, fast schon begeistert. Er berichtet den Zwillingen von seinem Plan neue Vertriebswege zu eröffnen, redet begeistert wie sie das Geschäft ausbauen könnten und endet mit der Vision, dass der Wein in ganz Europa verkauft werden soll. Matteo und Mattia schauen ihn verwundert an. Sie reden nicht, hören nur zu. Er hingegen malt seine Zukunft in bunten Farben.

Er sieht seinen Wein in den Regalen aller italienischer Städte und träumt sich zu einem der erfolgreichsten Weinlieferanten.

Abends liegt er im Bett, hört die Atemzüge der Zwillinge und kann vor Aufregung nicht einschlafen. Er hat noch nie so viel Energie gespürt wie heute. Er weiß, dass er auf dem richtigen Weg ist.

Er fühlt es. Und insgeheim denkt er an Lucia. „Danke, liebe Lucia für diesen Moment", sagt er leise in die Stille. „Ja, ich bin glücklich. Ich weiß nun endlich, was Glück ist und wie es sich anfühlt. Und ich weiß, was ich im Leben machen möchte: Ich werde die Welt bereisen und unseren Marsala verkaufen."

8

Rom – 1957

In den folgenden Jahren reist Antonio durch Italien und bietet seinen Wein aus Sizilien an. Gemeinsam mit Giulia und Daniele haben sie Strukturen geschaffen, bei denen jeder von ihnen an dem erfolgreichen Modell ihres Weinverkaufs beteiligt ist. Daniele ist für die Produktion verantwortlich, Giulia für die Buchführung und Antonio für den Vertrieb. Sie transportieren Kisten voller Wein nach Rom, Neapel, an die Amalfi Küste und in viele Regionen Italiens, von Nord bis Süd, von Mailand bis Venedig. Antonio telegraphiert die Bestellungen nach Hause, Daniele kümmert sich um den Versand. Sie verschicken Holzkisten voller Wein an Kunden in ganz Italien. Das Geschäft läuft wunderbar, und sie haben alle Hände voll zu tun.

Eines Abends schlendert Antonio durch die Straßen von Rom und bleibt vor einem Herrenausstatter stehen. Er bewundert die Anzüge aus feinem Stoff und mit hochwertiger Verarbeitung in der Auslage. Er zögert. Ein Maßanzug gilt für ihn als Zeichen des Wohlstands, den nur reiche Menschen tragen und den sich eine bestimmte Schicht, nämlich Kaufleute oder Gutsherren, leisten können. „Er kostet ein Vermögen", denkt er und geht weiter.

Der Anzug geht ihm nicht aus dem Kopf. Nur wenige Tage später steht er in diesem Geschäft und lässt seine Hosenlänge und Schulterbreite ausmessen. Er kauft seinen ersten Maßanzug.

*

An einem regnerischen Tag im November telegraphiert Giulia, dass Antonio sofort nach Hause kommen müsse. Er weiß, dass es seiner Mutter schlecht geht, vermutet das Schlimmste und macht sich sofort auf den Weg nach Sizilien.

Als er am nächsten Tag eintrifft, herrscht eine ungewohnte Stille und große Traurigkeit in ihrem Haus. Seine Mutter ist gestern bereits verstorben. „Zu spät", denkt er. „Sie ist einfach aus seinem Leben verschwunden, ohne sich zu verabschieden."

Antonio ist voller Trauer, obwohl er zu seiner Mutter ein distanziertes und eher kühles Verhältnis hatte. Durch ihre Krankheit nahm sie nicht wirklich Einfluss auf sein Leben. Vielmehr war er als junger Mann oft enttäuscht. Er machte ihr große Vorwürfe, weil sie ihn nach dem Tod des Vaters nicht unterstützte. Sie ließ ihn allein in seinem Schmerz und in der Verantwortung und zog sich in ihre Krankheit zurück.

Er fühlte sich in seiner Kindheit und Jugend oft einsam, ohne Liebe und durch die Arbeit völlig überfordert. Später, als das Weingut gut lief, hörte er nie ein Wort des Lobs oder gar eine Anerkennung, die er sich so sehr von ihr gewünscht hätte.

Inzwischen hat er seinen Frieden damit geschlossen. Vielleicht konnte sie nicht anders, verzeiht er ihr. Vielleicht lag es wirklich an ihrer Krankheit, wie Giulia immer behauptete.

„Ob Mutter jemals glücklich war?", schießt es ihm durch den Kopf. Er kann sich kaum an die Zeit erinnern, als ihr Vater noch lebte. „Sie muss ihn geliebt haben", denkt er. Giulia sagte, dass Mutter an gebrochenem Herzen gestorben sei. Ihr Herz war gebrochen, als ihr Vater vor vielen Jahren starb. Mit großer Mühe hatte sie sich danach zumindest um ihren Jüngsten, um Leonardo gekümmert. Antonio sah sie niemals lachen. Vielleicht litt sie an einer tiefen Traurigkeit und Depression. Vielleicht hatte sie aber auch nie wirklich Glück empfunden.

Auf der Beerdigung seiner Mutter sieht Antonio auch Lucia. Sie steht wenige Meter von ihm entfernt bei den Trauergästen und blickt in seine Richtung. Sie trägt ein weites schwarzes Kleid mit einer weißen Spitzenbluse und ihre Haare sind offen und wild, wie er es von ihr kennt. Sie ist hübsch wie eh und je. Sie strahlt diese unvergleichliche Energie aus, die er früher so sehr an ihr geliebt hatte. Es ist Jahre her, dass er sie gesehen hat. Als sich ihre Blicke treffen, lächelt sie und sein Herz macht einen Hüpfer, ähnlich wie damals in der Hütte.

Seine Mutter wird auf dem Dorffriedhof neben dem Grab seines Vaters beerdigt. Er muss Giulia stützen, sie weint unerlässlich. Sie war

Mutters engste Vertraute. Giulia wird sie am meisten vermissen. Neben ihr stehen seine Geschwister Leonardo, Daniele, Matteo und Mattia.

Wie damals, als Vater starb, weint er nicht. Natürlich spürt er Traurigkeit, aber sie erreicht nicht sein Herz. Als Vater starb, war er fünfzehn Jahre alt und übernahm das Weingut. Heute kann er es sich kaum mehr vorstellen. Wie schwer war die Zeit. Niemand sagte damals zu ihm, dass die Last für ihn zu schwer sein könnte. Alle schauten zu, wie er plötzlich vom Kind zum Erwachsenen wurde, wie er die Verantwortung für die ganze Familie übernahm.

„Du lachst nie", sagte Giulia später einmal zu ihm und hatte recht. Er war sich seiner Verantwortung die ganze Zeit über bewusst gewesen. Das Weingut war keine leichte Aufgabe, nichts, was er soeben aus dem Ärmel geschüttelt hätte. Es war nicht lustig und nicht leicht. Es war ernst, anstrengend und forderte seine gesamte Kraft und Konzentration. Er eignete sich das Wissen über den Wein an, beherrschte die wichtigsten Abläufe schon recht früh und erledigte, was von ihm verlangt wurde. Dass es zu viel war, viel zu viel für einen Jungen mit fünfzehn Jahren, wusste er erst viel später.

Er schließt für einen Moment die Augen. Nieselregen fällt leicht vom Himmel, so dass sein dunkler Anzug klamm wird.

„Danke, lieber Gott, dass du stets an meiner Seite warst", denkt er und richtet seinen Blick in den Himmel. Keine Ahnung, ob es Gott war, der ihn geführt hat und seine schützende Hand über ihn gehalten hat, oder ob es einfach nur Zufall war, dass er den Anforderungen gewachsen war. Er weiß es nicht. Er dankt dennoch Gott für sein Leben. Wem auch sonst?

Er muss daran denken, dass er als Kind oft hungrig zu Bett ging. Dass sie sich in einer Pfanne die Kartoffeln teilten und dass sie nur zwei Paar Schuhe hatten. „Danke Gott, dass ich nicht daran zerbrochen bin", sagt er leise. Er hat seinen Frieden damit gemacht. Niemand kann sich seine Herkunft aussuchen.

Nach der Beerdigung ziehen die Trauergäste an ihm und seinen Geschwistern vorbei und kondolieren. Dabei kommt auch Lucia auf ihn zu. Sie ist nicht alleine und stellt ihm den Mann an ihrer Seite vor. „Mein Beileid", sagt sie kurz. „Es tut mir leid, das mit deiner Mutter", fügt sie etwas unbeholfen hinzu. „Ach, das ist übrigens Pedro", sagt sie und richtet den Blick auf den jungen Mann neben ihr.

„Freut mich", sagt er, und Antonio versucht sich die Verwunderung nicht anmerken zu lassen. Insgeheim hatte er wohl gedacht, dass Lucia ähnlich wie er keinen Partner hat. „Sie sieht toll aus", denkt Antonio. Sie ist schlank, beinahe zerbrechlich und in den letzten Jahren, in denen sie sich nicht gesehen haben, noch schöner geworden. Es dauert einen Moment, bis er weiterreden kann.

„Und, wie geht es Euch?", bringt er hervor. Ihre Blicke treffen sich.

„Gut, sehr gut", antwortet sie und schaut ihm tief in die Augen, so dass er ihr Strahlen wahrnehmen kann.

„Wir werden heiraten", ruft Pedro vergnügt und nimmt Lucias Hand. „Ja", bestätigt sie. Ihr Lächeln misslingt zu einer quälenden Grimasse. „Wir werden heiraten."

„Also kein Studium in Tanz und Schauspielerei in Rom?", fragt er und gibt ihr augenzwinkernd das Gefühl, dass es ihm egal ist.

„Das waren Kindereien! Blöde Kindereien", widerspricht sie.

„Ah, ja, du hast recht", gibt er ihr erneut ein gutes Gefühl.

„Und bist du glücklich?", fragt er plötzlich und stößt ihr damit das Schwert in die Brust. Sie scheint auf einmal mit den Tränen zu kämpfen. „Klar ist sie glücklich", ruft Pedro und nimmt ihr die Antwort ab. „Wir sind sehr glücklich!"

„Das freut mich", antwortet Antonio höflich. Er umarmt sie zum Abschied etwas zu lang. „Nie deine Träume aufgeben, liebe Lucia", flüstert er ihr ins Ohr. Sie wischt sich eine Träne ab, schaut ihn lange an und presst ihre Lippen fest aufeinander. „Hat mich gefreut dich zu sehen", bringt sie mit einem Lächeln hervor und verschwindet mit Pedro im Gemenge der Trauergäste.

Uff. Antonio atmet tief. Er ist über sie hinausgewachsen. Er ist tatsächlich über Lucia hinausgewachsen, denkt er verwundert und ist ein wenig stolz. Er hat seine Träume umgesetzt und sich nicht davon abbringen lassen. Die letzten Jahre waren nicht einfach. Das Reisen, seinem Traum nachzujagen und nicht die Gewissheit zu haben, ob er auf dem richtigen Weg ist, war anstrengend. Nur vom Gefühl geleitet das Richtige zu tun, hat er einen völlig neuen Weg gewählt. Er wusste nie, ob er es schaffen würde, aber er hat die Herausforderungen gemeistert, die ihm das Leben geboten haben. Und... er ist seinem Herzen gefolgt, das ihm den Weg geleitet hat.

Er nimmt noch etliche Beileidsbekundungen an, redet mit dem einen oder anderen ein paar Sätze und ist froh, als die Beerdigung vorbei ist.

Giulia und die Jungs sind schon nach Hause gegangen, und er verweilt alleine noch einen Moment am Grab seiner Mutter. Er kann ihr nicht danken für ihre Liebe, denn er hat sie nie wirklich gespürt. Das macht ihn traurig. Unsagbar traurig.

Und plötzlich muss er weinen. Tränen rollen über seine Wangen und vermischen sich mit den Regentropfen auf seiner Haut. Er empfindet Wut, unsagbare Wut, dass sie ihn allein gelassen hat, als sein Vater starb, dass sie ihm nicht geholfen hat, als er das Weingut übernahm, und dafür, dass sie nicht einmal gesagt hat, dass sie stolz auf ihn ist. Nein, er kann nicht weinen um ein liebes Mutterherz. Er weint aus Verzweiflung, weil sie ihm ihre Liebe nie gezeigt hat, weil sie nie im Herzen verbunden waren.

Wie ein kleiner Schuljunge nach einer Niederlage im Fußball wischt er sich die Tränen vom Gesicht und steht am Grab seiner Mutter, die ihn nie geliebt hat. Er fühlt sich nicht mehr wohl, nicht mehr zu Hause in ihrem kleinen Dorf. Der Weg, den er eingeschlagen hat, ist die Flucht in die Welt, die Suche nach einem Platz, an dem er aufgefangen und an dem er geliebt wird.

Er ist aus dem Gefüge seines Elternhauses hinausgewachsen, hat schöne Städte gesehen und viele Menschen kennengelernt. An diesem Ort scheint es ihm, als sei die Zeit stehengeblieben. Hier lebt er in einer Erinnerung, die ihn traurig macht, die er vergessen möchte. Sein Geist hat sich verändert. Er strebt nach Herausforderungen, nach dem Staunen vor Neuem, nach Überraschungen und nach dem Trubel der Stadt. Er will mehr.

Antonio wird sehen, was das Leben ihm noch zu bieten hat und vertraut darauf, dass die Dinge zu ihm finden, die richtig für ihn sind. Inzwischen weiß er sehr genau, was ihn glücklich macht.

Er lebt seine Träume, wie er sie vor vielen Jahren ausmalte. Er verkauft sizilianischen Wein an Kunden und versendet ihn in viele Regionen Italiens. Er reist viel und lernt interessante Menschen kennen. Antonio ist glücklich, kann er stolz von sich behaupten. Alles hat sich so gefügt, wie er es sich erträumt hat.

Dennoch fühlt er sich plötzlich sehr einsam. Es wird schon dunkel, als er den Friedhof verlässt und das Weingut erreicht, wo er sich sofort in sein Zimmer zurückzieht. Er fühlt sich unwohl und weiß nicht so recht, woher seine innere Unruhe kommt.

„Ich bin unzufrieden", denkt er. Etwas fehlt zum Glücklichsein. Er ist in seinem Beruf erfolgreich, aber trotzdem scheint das Leben für ihn nicht perfekt zu sein. Ihm kommt die Idee, erneut seine Träume zu formulieren. Er nimmt einen Block zur Hand und schreibt sie auf, so wie früher, als er sich ein wenig in Lucia verliebt hatte.

Der Wunsch Europa zu bereisen gehört nach wie vor dazu. Marsala zu verkaufen ebenso. Er möchte einen eigenen Weinladen besitzen. Ein weiterer Wunsch ist hinzugekommen. Etwas, das sich mehr und mehr in seinen Gedanken festigt. Er wünscht sich eine Frau zu lieben. Er möchte sich verlieben, Kinder haben und eine Familie gründen.

Nachdenklich legt er den Stift beiseite und schaut auf das Geschriebene. Er lebt seinen Traum, lernt fremde Städte kennen, besucht gute Restaurants und übernachtet in schönen Hotels. Sein Leben ist bunt und anstrengend. Zudem hat er gelernt sich überall zurechtzufinden. Inzwischen trägt er maßgeschneiderte Anzüge. Jedoch ist er viel allein. Er sehnt sich nach einem Menschen in seinem Leben, den er liebt.

9

Nach den Jahren des Kriegs erlebt Rom den Wiederaufbau. Zahlreiche Gebäude wurden zum Teil schwer beschädigt. Inzwischen sind die ersten Gebäude wieder aufgebaut und zahlreiche Geschäfte eröffnen im Zentrum. Die Kaufkraft steigt. Die Menschen gehen zunehmend einer Arbeit nach, und viele Touristen besuchen die Stadt.

In Antonios Dorf auf Sizilien waren sie weitestgehend vom Krieg verschont geblieben. Erst später, bei seinen Reisen, konnte er das Ausmaß des Krieges erahnen. In den Städten litten die Menschen mehr Hunger als auf dem Weingut und mussten sich den katastrophalen Zerstörungen der Gebäude annehmen. Dazu hatten viele den Tod von Familienmitgliedern zu beklagen. Trauer und Ohnmacht waren überall zu spüren, jedoch erkennt er überall die Anfänge eines Neubeginns, die wie zarte Knospen nach einem kalten Winter aus dem Nichts erwachsen.

Als er sich nach der Beerdigung von seiner Familie verabschiedet, weint Giulia, und die Jungs stehen im Hof des Weinguts und winken. Am Abend zuvor erzählte er beim Abendessen von seinem Plan in Rom einen eigenen Weinladen zu eröffnen. Alle wussten, dass sie sich nun nur noch selten sehen würden. Früher war er oft zurückgekehrt und hatte von seinen Reisen erzählt, von Städten, Menschen und Erlebnissen. Seine Familie lauschte gespannt. Antonio war ihr Fernglas in die Welt. Sie erfuhren durch ihn, wie es in Rom aussah, und er liebte es, ihnen von seinen Erlebnissen zu berichten.

Nun bleibt hauptsächlich die geschäftliche Verbindung, da er den Wein auch zukünftig über Daniele beziehen wird. Daniele kennt sich inzwischen gut auf dem Weingut aus. Durch seine Ausbildung als Schreiner ist es für ihn einfach das Weingut zu renovieren. Er modernisiert das Wohnhaus und entwickelt die Abfüllung auch technisch weiter. Zudem macht er sich alle Abläufe zu eigen und beherrscht die Weingewinnung noch viel mehr als er. Daniele wird weiterhin sein wichtigster Geschäftspartner sein. Über ihn wird er auch zukünftig seine Weine beziehen. Er selbst wickelt den Versand ab, wie sie es bereits seit Jahren praktizierten.

10

Palermo – 1957

Antonio sieht sie am Bahnhof in Palermo. Ihr rotes Kleid passt perfekt zu ihrem Lippenstift. Sie trägt eine moderne Twill-Jacke, Seidenstrümpfe, und ihre Haare sind elegant zusammengesteckt.

Sie wartet wie er auf den Zug, der ihn nach Messina bringen wird. Dort wird er mit dem Schiff übersetzen, weiter nach Rom reisen und mehr als zwei Tage unterwegs sein. In Rom plant er sein kleines Geschäft zu eröffnen. Sein erstes eigenes Weingeschäft. Er wird den wunderbaren sizilischen Wein verkaufen und dafür ein geeignetes Ladenlokal suchen.

„Ich muss sie ansprechen", denkt er. Sie ist die schönste Frau, die er je gesehen hat. Sie hat die Eleganz einer Dame aus Mailand und die gebräunte Haut einer Frau aus Palermo.

„Kann ich Ihnen helfen?", fragt er.

„Oh, ja gerne", antwortet sie erfreut und schaut ihm direkt in die Augen. „Schauen Sie dort", sie zeigt auf zwei Koffer und eine Kiste, die am Eingang des Bahnsteigs stehen.

„Das ist mein Gepäck. Es muss mit in den Zug nach Messina. Wären Sie so freundlich? Würden Sie mir beim Einsteigen helfen?"

„Es ist mir eine Freude", antwortet er hocherfreut darüber, dass er ihr helfen kann.

„Oh, das ist ausgesprochen freundlich. Ich heiße Maria Loretto und bin auf dem Weg nach Rom", stellt sie sich vor.

„Angenehm, Antonio Lombardi", antwortet er erfreut. Sie fasziniert ihn vom ersten Moment. Sie lächelt, und er wird beinahe etwas unsicher.

„Meine Tante ist vor ein paar Wochen verstorben. Sie lebte in Palermo, und ich habe ein kleines Haus geerbt. Es ist nicht besonders schick, aber ich konnte es an nette Mieter vermieten. Ich wohne in der Nähe von Rom und bin auf der Rückreise", erklärt sie freundlich.

Antonio hilft ihr beim Einsteigen und verstaut das Gepäck in ihrem Abteil. „Ich möchte nicht aufdringlich sein, aber darf ich mich zu Ihnen setzen?", fragt er ein wenig aufgeregt.

Er ist froh, dass er für seine Reise seinen neuen hellen Anzug aus festem Leinen gewählt hat, und hofft, dass er damit nur annähernd ihrer Eleganz gerecht werden kann.

„Sehr gerne", sagt sie mit einem Hauch Freude in der Stimme, zumindest meint er das zu hören.

Die Bahnfahrt verbringen sie gemeinsam. Sie erzählt aus ihrem Leben. Bei jedem Satz fasziniert sie ihn mehr. Sie hat etwas Frisches und Unkompliziertes. Sie ist liebenswert, nicht so ernst wie die meisten Menschen in seinem Dorf. Sie ist fröhlich, lacht viel und sie ist wunderschön.

„Ich bin in einem Haus in der kleinen Stadt Cesano nördlich von Rom aufgewachsen. Meine Mutter lebt noch dort, mein Vater ist leider schon verstorben. Er war Oberstudienrat an der Dorfschule. Nach der Schule bin ich nach Rom gegangen. Ich wollte in der Stadt leben, etwas von der Welt sehen. Ich liebe das Zeichnen und die Mode. Daher machte ich eine Ausbildung als Schneiderin. Ich entwarf Kleider auf einem Zeichenblock, die ich inzwischen in einem Geschäft für Damenmode verkaufe. Wir entwerfen elegante Kostüme und Kleider, die figurbetont sind." Sie lächelt verlegen.

Antonio hört ihr aufmerksam zu und erzählt dann von seinem Leben, von dem frühen Tod seines Vaters, dem Weingut, dem Aufbau neuer Vertriebswege und von der Beerdigung seine Mutter.

„Sie haben schon viel in Ihrem Leben erreicht. Sicher war der Weg nicht einfach", sagt sie anerkennend, und er freut sich über ihre wertschätzenden Worte.

„Sind Sie glücklich?", stellt Antonio ihr plötzlich die Frage, die ihn immer wieder bewegt.

Sie schaut ihn verblüfft an. „Das ist eine sehr persönliche Frage. Ja, ich bin glücklich. Sehr sogar. Ich wollte immer in Rom leben, in einer Großstadt, und ich wollte elegante Kleider und Kostüme entwerfen. Und ich habe es geschafft, denn genau das mache ich heute. Ich lebe meinen Traum." Sie lächelt erneut verlegen.

Bei dem Wort „Traum" muss Antonio schmunzeln. Vor Jahren wusste er nicht einmal, dass er das Recht hatte zu träumen. Dann wurde das Wort zum Masterplan seines Lebens, und nun lernt er Maria kennen, die ebenso denkt wie er. Auch für sie ist die Erfüllung ihrer Träume zum Lebenselixier geworden. Er erkennt es nicht nur an den Worten, sondern auch an ihrer Ausstrahlung, an der Energie, die sie umgibt. Er hat in seinem Leben nie jemanden kennengelernt, der so voller Energie und Leben ist wie Maria.

Die Zugfahrt nach Messina dauert mehrere Stunden, und keine Minute wird langweilig. Sie sitzen allein im Abteil. Nur einmal kommt der Schaffner herein, überprüft ihre Fahrscheine und schaut das viele Gepäck mürrisch an, das Antonio auf den Sitzplätzen gestapelt hat, um diese zu blockieren. Er will mit Maria alleine sein. Wahrscheinlich hat sie seine Absicht durchschaut, jedoch lässt sie es unkommentiert geschehen.

Maria berichtet über ihre Kindheit, über ihre kreative Begabung, ihre Art zu zeichnen, zu gestalten und den frühen Wunsch eigene Kleider zu entwerfen und diese zu nähen. Sie berichtet von den schwierigen Anfängen in Rom, wo sie niemanden kannte und abends oft traurig in ihrem kleinen kalten Zimmer saß und nicht wusste, wie es weitergehen sollte. Auch bei ihr fügten sich die Zufälle. Sie nahm Gelegenheiten wahr, merkte wann sie etwas ändern musste und folgte ihrem Herzen und ihrer Intuition.

*

Später setzen sie mit einem Schiff aufs Festland über und steigen in den Zug nach Rom. „Ich werde diese Zugfahrt nie vergessen", denkt er.

Irgendwann schläft Maria vor Erschöpfung ein. Er beobachtet ihr Gesicht, ihre hohen Wangenknochen und den wohlgeformten Mund. Er lächelt und ist unsagbar glücklich.

Bei der Verabschiedung in Rom lädt er sie in ein Restaurant ein. Sie verabschieden sich mit einem langen Händedruck und schauen sich dabei tief in die Augen.

„Ich freue mich darauf Sie wiederzusehen, Maria", ruft er vergnügt hinter ihr her, als sie von ihrem Bruder abgeholt wird und den Bahnhof verlässt.

„Ebenso", ruft sie zurück. Lächelnd zieht sie ihren rechten Handschuh aus und wirft ihm diesen zu. „Nicht, dass Sie vergessen, mir den Handschuh zurückzugeben", lacht sie. „Ich erwarte Sie gerne am nächsten Sonntag."

Damit verschwindet sie. Er trägt ihren feinen Handschuh in seinen Händen, riecht daran und muss sich eingestehen, dass er sich soeben Hals über Kopf in diese wunderbare Frau verliebt hat.

11

Die Zeit bis zum nächsten Sonntag scheint nicht zu vergehen.

Antonio hat keine Lust neue Kunden aufzusuchen. Er kann sich kaum auf seine Arbeit konzentrieren. Viel lieber bummelt er durch Rom, verweilt in kleinen Cafés und hängt seinen verliebten Gedanken hinterher. Maria, Maria... Er kann an nichts anderes denken.

*

Endlich. Antonio ist vor der verabredeten Zeit im Restaurant, setzt sich an einen kleinen Tisch in einer ruhigen Ecke, von dem aus er die Tür beobachten kann. Er wendet seinen Blick nicht mal davon ab, als ihn der Ober nach der Bestellung fragt.

„Ich warte noch", antwortet er freundlich. Er fingert nervös an seiner Krawatte, die er für diesen Anlass gewählt hat.

Als Maria zur Tür hineinkommt, hat er das Gefühl, dass der Raum erstrahlt und alle sie anstarren. Ein elegantes Kostüm unterstreicht ihre Größe, der Gürtel um ihre Taille ihre schlanke Figur. Sie trägt roten Lippenstift und sieht toll aus.

Antonio steht auf, geht ihr entgegen. Er begrüßt sie kurz mit einem Handkuss, bevor er sie an seinen Tisch führt.

Maria ist humorvoll, lacht oft und bringt das Gespräch immer wieder auf eine leichte Ebene, so dass er ihr gerne zuhört.

„Schon als kleines Mädchen habe ich gerne genäht", erzählt sie lebhaft. „In unserem Wohnzimmer stand eine alte Nähmaschine, und meine Mutter zeigte mir damit umzugehen. Es machte mir viel Freude, so dass ich später Schneiderin werden wollte und diesen Beruf erlernte. Die Ausbildung fand bei Nonnen in einem Kloster in Rom statt, die streng und unfreundlich waren. Wir nähten im Akkord und bei kleinsten Abweichungen mussten wir die Arbeiten wieder auftrennen. Am Anfang war ich noch nicht so geschickt, und so türmten sich oft die Näharbeiten neben meiner Nähmaschine. Ich nähte bis tief in die Nacht, um mein Pensum zu schaffen. Ein Lob gab es nie. Lehrjahre sind keine Herrenjahre, sagte meine Mutter, wenn ich ihr an den Wocheneden mein Leid klagte".

Maria schaut ihn an und lächelt. „Das war eine harte Schule", berichtet sie weiter, aber unterm Strich habe ich das Nähen so perfekt gelernt, wie kaum eine andere", sagt sie ohne Reue.

Sie bestellen das vom Restaurant empfohlene Menü. Antonio wählt eine Flasche Wein vom Weingut seiner Familie. Voller Stolz füllt er damit die Gläser und berichtet über das Weingut, verschiedene Weinsorten und die Prozesse der Weingewinnung. Es scheint ihr zu gefallen, denn sie lächelt immerzu.

Ihre Augen faszinieren ihn. Ihr Lächeln raubt ihm den Verstand. Sie hat eine weiche Art sich zu bewegen, nichts an ihr ist ruppig oder unfein. Eine positive Aura umgibt sie, die ihn gefangen nimmt. Am Ende des Abends nimmt er ihre Hand und küsst sanft ihren Handrücken.

Was für eine Frau. Was für eine wunderbare Frau. Er tanzt auf rosaroten Wolken und kann sein Glück nicht fassen, darüber dass er sie kennengelernt hat.

*

Sie sehen sich oft in den nächsten Wochen, verbringen viel Zeit miteinander, und er genießt jede Minute.

„Meine Mutter hat uns am Sonntag zum Essen eingeladen", sagt sie eines Tages. „Hast du Zeit? Möchtest du sie kennenlernen?"

Natürlich möchte er das und ist mächtig gespannt, wie und wo Maria aufgewachsen ist. Außerdem freut er sich darauf ihre Mutter kennen-zulernen.

Am Sonntag holt er Maria mit dem Auto vor ihrer Wohnung ab.

Strahlender Sonnenschein passt zu ihrem Vorhaben und lässt einen schönen Frühlingstag vermuten. Maria erscheint in einem hellblauen Kleid und trägt ein passendes Tuch dazu. Ihr Haar ist zu einem eleganten Knoten zusammengesteckt. Sie sieht toll aus. Er küsst sie kurz zur Begrüßung und öffnet ihr die Beifahrertür.

Wenig später parken sie vor ihrem Elternhaus in einer gepflegten Einfamilienhaussiedlung mit hübschen Vorgärten in Casano, die so bunt sind, wie auf einem Marc Chagall Gemälde. Zahlreiche Frühlingsblumen recken ihre Blüten gierig in die Sonne.

„Meine Eltern haben das Haus gebaut, als ich noch klein war", erklärt Maria. „Im Garten hinter dem Haus hängt noch meine Schaukel, die sie nie entfernt haben".

Marias Mutter Rosetta erwartet sie an der Tür und winkt aufgeregt, als sie vorfahren. Sie lacht freudig. Ihr rundliches Gesicht ist vor Aufregung leicht gerötet. Sie trägt eine weiße Schürze mit edlen Spitzen. Er mag sie sofort.

„Ciao, ciao...", ruft sie immerzu.

„Das ist Antonio", stellt ihn Maria vor.

Höflich schüttelt Antonio ihre Hand. Sie umarmt ihn herzlich. Innen erwartet sie ein liebevoll gedeckter Tisch mit edlem Porzellan. Der Kaffee duftet. Kleine mit Puderzucker bestäubte Apfelkuchen thronen auf einer erhöhten Tortenplatte.

„Für eine Mutter ist es etwas Besonderes, wenn ihre erwachsene Tochter einen Mann mit nach Hause bringt", sagt sie schmunzelnd und gießt ihnen den Kaffee nach. Sie lachen darüber, und Maria schaut ihn verliebt an.

Die warme Apfeltarte schmeckt wunderbar. Die Sahne darauf schmilzt von der Wärme. Rosetta ist so, wie man sich eine Mutter vorstellt. Sie ist klein und ihre rundliche Figur unterstreicht ihre liebenswerte und herzliche Art. Maria geht ebenso liebevoll mit ihrer Mutter um. Es wird deutlich, dass sie ein herzliches und inniges Verhältnis haben.

„Seit Papa tot ist, kümmere ich mich besonders um Mutter", sagt Maria. Sie verbringen einen wundervollen Nachmittag. Rosetta erzählt von Marias Vater, der den Garten liebte. Sie zeigt ihm das Haus, den Garten und später blättern sie in alten Fotoalben.

Zum Abschied nimmt ihn die alte Dame in den Arm. „Dass Sie bloß gut auf meine Tochter aufpassen", sagt sie augenzwinkernd. „Sie ist das Einzige und Wertvollste, was ich habe."

Sie küsst Maria auf die Stirn. Antonio ist beinahe neidisch über die Liebe und Zuneigung, die sie Maria entgegenbringt. „Es muss wunderbar sein mit so viel Liebe und Fürsorge aufgewachsen zu sein", denkt er und erinnert sich an seine eher lieblose Kindheit.

*

In den folgenden Wochen planen Maria und er die Zukunft. Antonio ist überglücklich.

Jeder Moment mit Maria ist voller Magie, voller Energie. Einfach wunderschön. Wenn sie nicht da ist, spürt er Sehnsucht. Dieses Gefühl kennt er aus seiner Vergangenheit nicht.

Im darauffolgenden Frühjahr hält er um ihre Hand an. Antonio fragt sie, ob sie seine Frau werden möchte.

Voller Freude sagt sie „ja". Er antwortet, dass sie ihn damit zum glücklichsten Menschen auf der Welt macht.

„Das kann nicht sein", widerspricht sie, als sie eines Nachmittags in der warmen Frühlingssonne über eine Wiese spazieren. Sie hält seine Hand und kommt näher zu ihm.

„Es kann nicht sein, weil ich der glücklichste Mensch auf der Welt bin", lacht sie. Antonio zieht sie dichter an sich heran und küsst sie zärtlich.

„Ich liebe Dich", flüstert er.

„Ich liebe Dich auch."

*

Sie heiraten nur knapp ein Jahr später in Rom. Es ist eine kleine Hochzeit. Giulia, Daniele, die Zwillinge und Leonardo sind aus Sizilien gekommen. Maria hat ihre Mutter und ihre einzige Schwester Sophia eingeladen, und es sind einige Freundinnen und Freunde dabei. Der Restaurantbesitzer Fabio, den Antonio bei seinem ersten Aufenthalt in Rom kennenlernte, zählt ebenfalls mit seiner Frau Martha zu den Gästen. Sie sind ihm in seiner Zeit in Rom ans Herz gewachsen und zählen inzwischen zu seinen besten Freunden. Maria und er essen regelmäßig in seinem Restaurant, und Fabio ist einer seiner besten Kunden. Antonio mag seine herzliche Art und seine liebenswürdige Frau Martha sehr gerne.

Die Hochzeitsfeier findet in Fabios Restaurant statt, in dem nach der kirchlichen Trauung eine lange Tafel mit weiß gestärkten Tischtüchern auf sie wartet. Fabio stellte vorab eine wunderbare Auswahl an italienischen Speisen zusammen und Antonio suchte den Wein aus. Ein Gitarrenspieler spielt das italienische „Azzurro" und singt dazu, während er zum Brautpaar geht und den beiden über die Schulter schaut. Verliebt lächeln sie sich an.

Zu später Stunde nimmt Antonio seine Mundharmonika hervor und spielt gemeinsam mit ihm. Alle haben viel Spaß, Daniele flirtet mit Sophia, und die Zwillinge halten nach den hübschen Mädchen im Restaurant Ausschau. Eine wundervolle Hochzeit geht zu Ende. Zu später Stunde verabschieden sie Antonioas Familie in dem Wissen, dass sie sich nicht so schnell wiedersehen.

*

Maria und Antonio haben eine kleine Wohnung im Süden Roms angemietet und sie liebevoll eingerichtet. Maria arbeitet täglich, und er

56

richtet sich seine Termine so ein, dass sie viel Zeit gemeinsam haben. Sie liebt ihre Arbeit, und sie können sogar etwas Geld beiseitelegen. „Vielleicht kaufen wir ein schönes Haus mit einem Garten. Vielleicht werden wir Kinder haben", schwärmt Maria eines Tages. Antonio nimmt Maria in den Arm und küsst sie glücklich.

„Das ist mein größter Wunsch, mein Liebling", sagt er.

Die Zeit vergeht, und sie genießen das Zusammensein. Sie sind glücklich und doch spürt Antonio nach mehr als zwei Jahren Marias Traurigkeit. Sie sitzen gemeinsam beim Abendessen. Maria stochert gedankenverloren in ihrem Essen und hält den Blick gesenkt.

„Was ist mit dir, mein Liebling?", fragt er vorsichtig und nimmt ihre Hand.

Sie schaut auf, und ihre Blicke treffen sich. „Ich, ... ich werde nicht schwanger", sagt sie leise. „Vielleicht kann ich keine Kinder bekommen."

„Ach, was", wischt er den Gedanken weg. „Natürlich kannst du schwanger werden. Wir müssen Geduld haben, das geht nicht so schnell", sagt er aufmunternd.

„Aber wir warten schon mehr als ein Jahr", entgegnet sie mutlos.

„Dann lass uns einen Arzt aufsuchen".

Der Arzt bescheinigt, dass Maria gesund ist, verordnet etwas Ruhe und Erholung. Sie fokussieren sich darauf, verbringen Zeit in der Toskana, Neapel und besuchen sogar seine Familie in Sizilien. Beinahe vergisst er den Gedanken, dass Maria schwanger werden möchte. Ihre Zeit ist so wunderschön. Sie genießen jeden Moment zusammen.

„Wir sind füreinander bestimmt", sagt sie eines Abends, als sie in einem kleinen Restaurant essen und auf das Meer schauen. „Wenn wir keine Kinder haben werden, dann soll es so sein. Ich bin auch glücklich nur mit dir allein."

Er nimmt ihre Hand und fühlt sich so glücklich, wie er es nie zuvor in seinem Leben war.

„Danke, dass du das sagst. Es ist ein Gottesgeschenk, dass ich dich getroffen habe", sagt er zärtlich und küsst sie.

*

Nur wenige Wochen später offenbart Maria, dass sie schwanger ist. Sie jauchzen vor Freude, tanzen in der Küche. Tränen der Freude laufen über sein Gesicht.

„Ich werde Papa", ruft er überschwänglich. „Wir werden ein Kind haben".

Er küsst sie voller Freude und wirbelt sie im Tanz herum. Maria lacht laut. „Nicht so heftig", ruft sie freudig. „Ich werde Mutter, und meine Mutter wird Großmutter. Das ist das schönste Geschenk, das wir ihr machen können."

Er zieht sie sanft zu sich, hält sie fest und streicht ihr über das Haar. Sie werden ein Baby haben.

In den nächsten Wochen reisen sie noch einmal zu seiner Familie nach Sizilien, um ihnen die schöne Nachricht mitzuteilen. Sie bleiben ein paar Tage dort und besuchen auch das Grab seiner Eltern auf dem Friedhof der Dorfkirche. Der Herbst hat erste bunte Blätter auf die Gräber geweht. Es ist schon so lange her, seit er hier bei der Beerdigung seiner Mutter stand. Nur wenige Tage später lernte er Maria damals am Bahnhof in Palermo kennen.

Voller Freude reisen sie zurück und planen erste Vorbereitungen für das Baby.

12

Inzwischen ist Marias Bauch nicht mehr zu übersehen, und ihre Bewegungen werden schwerfälliger. Antonio hilft ihr, wo er kann. Er kümmert sich zunehmend um sie. Sie kaufen eine Wiege. Maria näht Decken und Kissen dafür.

An Weihnachten ist der Bauch so groß, dass sie entscheiden nicht zur Christmette zu gehen. Die Zeit zwischen Weihnachten und Neujahr bleiben sie zu Hause und verlassen nur für einen kleinen Spaziergang das Haus. Anfang Januar klagt Maria über erste Wehen. Sie sind gut vorbereitet und wissen, was zu tun ist.

„Lauf", ruft Maria unter Schmerzen. „Hol die Hebamme!"

Er rennt aus dem Haus. Es ist bereits dunkel, und ein heftiger Schneesturm hat eingesetzt. Den Weg zur Hebamme sind sie in den letzten Wochen mehrfach gegangen und hatten sich bereits bei ihr vorgestellt. Es ist nicht weit, aber bei dem Schneesturm kommt Antonio nur schlecht voran.

Er klingelt an der Tür der Hebamme, und die alte Dame öffnet sofort. „Es ist so weit", ruft er nervös. „Sie müssen kommen!"

„Ich komme. Laufen Sie wieder zurück. Ich finde den Weg."

So schnell er kann, läuft er den Weg zurück. Er kann kaum etwas sehen, so dicht fällt der Schnee. Einmal rutscht er aus, fällt hin. Völlig durchgefroren und erschöpft vom Durchqueren der Schneemengen trifft er wieder an ihrem Wohnhaus ein. Hoffentlich schafft die Hebamme den Weg.

Als er die Tür aufschließt, hört er Marias Schreie. Oh, mein Gott. Er lässt seinen Mantel im Flur fallen und eilt zu ihr ins Schlafzimmer. Sie liegt gekrümmt auf dem Bett. Die Decke hat sie über sich gezogen. Sie schreit vor Schmerzen.

„Es tut so weh", jammert sie immer wieder. „Es tut so weh."

„Alles wird gut", flüstert er, nimmt ihre Hand und setzt sich zu ihr. „Alles wird gut, mein Liebling". Bitte beruhige dich. Die Hebamme wird jeden Moment hier sein." Antonio streicht über ihr Gesicht, das völlig verschwitzt und hochrot ist.

Sie atmet schwer und wimmert.

„Oh, mein Gott", denkt er nervös. Er ist völlig unerfahren und unbeholfen. So schlimm hat er sich die Geburt nicht vorgestellt. Panisch steht er auf und holt einen Waschlappen, tränkt ihn in kühlem Wasser, um ihn Maria auf die Stirn zu legen.

Ihr Schreien geht in ein erschöpftes Wimmern über.

„Alles wird gut, mein Liebling", stammelt er immerzu und kühlt sanft ihre Stirn.

In diesem Moment klingelt es an der Tür. Die Hebamme.

Er rennt zur Tür, öffnet sie. „Da im Schlafzimmer", ruft er aufgeregt und deutet auf die offene Zimmertür.

Die Hebamme hört Marias Schreie. Auch sie lässt ihren Mantel im Flur fallen, eilt ins Schlafzimmer. Maria liegt nach wie vor gekrümmt unter der Decke und atmet schwer. Die Hebamme nimmt die Decke weg. Der Anblick erschreckt ihn zu Tode. Eine riesige Blutlache hat sich auf dem Laken ausgebreitet.

„Schnell bringen Sie heißes Wasser", ruft die Hebamme plötzlich aufgeregt. „Schnell, los jetzt".

Er steht da, unfähig sich zu bewegen. Wie versteinert starrt er auf das Blut, das das Laken rot eingefärbt und sich auf Marias Nachthemd ausgebreitet hat.

„Machen Sie schon!", schreit die Hebamme.
„Los jetzt!"

Er rennt in die Küche. Er weint, schreit, kann keinen klaren Gedanken finden. „Maria, Maria, ...", jammert er unter Tränen.

Er füllt Wasser in einen Kessel, stellt ihn auf den Herd. Seine Hände zittern, er ist total aufgeregt. „Mein Gott, so viel Blut, das kann nicht sein."

„Machen Sie schnell", hört er die Hebamme aufgebracht aus dem Schlafzimmer. Ihre Stimme flattert und klingt panisch.

Er füllt das heiße Wasser in eine Waschschüssel, schnappt die Tücher, die Maria für die Geburt schon vor Wochen neben dem Herd gestapelt hat, rennt zum Schlafzimmer. „Dahin!", ruft die Hebamme panisch und deutet auf die Kommode.

Sein Blick fällt erneut auf das Blut. Die Hebamme hat die Decke zur Seite geschlagen. Alles ist voller Blut. Es läuft an Marias Beinen herunter, breitet sich mehr und mehr auf dem weißen Laken aus. Maria keucht erschöpft, kauert auf dem Bett und krümmt sich vor Schmerzen.

Er bewegt sich nicht.

„Raus!", ruft die Hebamme aufgebracht. „Machen Sie, dass Sie rauskommen! Schließen Sie die Tür!"

Ihre Worte erreichen ihn nicht.

Sie packt ihn am Arm. „Raus!", brüllt sie erneut. „Holen Sie einen Arzt. Schnell!"

Er dreht sich mechanisch um und läuft aus dem Zimmer.

„Los, holen Sie den Arzt. Schnell!", ruft sie erneut hinter ihm her. „Und schließen Sie die Tür!"

Aufgebracht stapft er in der Dunkelheit durch den Schnee, kann kaum die Straßen erkennen. Nur die Straßenlaternen zeigen die Richtung. Kein Mensch ist bei diesem Wetter auf der Straße. Antonio ist verzweifelt. Oh, mein Gott, was ist geschehen?

In seinem Kopf hämmert die Angst. Ein Zittern durchfährt seinen Körper. Er ist panisch, kann kaum denken. „Maria, Maria..."

Nach mehreren Minuten erreicht er das Haus des Arztes. Es ist dunkel. Er klopft laut, schlägt panisch gegen die Tür und erfährt keine Reaktion. Er donnert mit der Faust gegen die Tür und ruft hektisch. „Hallo. Hallo, ist jemand zu Hause?"

Plötzlich erscheint Licht im Obergeschoss. Das Fenster wird geöffnet. Eine dunkle Gestalt beugt sich hinaus.

„Bitte, bitte kommen Sie schnell. Meine Frau..., sie kriegt ein Kind", schreit er besorgt.

„Ich komme sofort", ruft er. „Bitte warten Sie."

Es dauert nur wenige Minuten, bis der Doktor an seiner Seite mit ihm den Rückweg durch den hohen Schnee antritt.

„Wir müssen uns beeilen. Es sieht nicht gut aus."

Schweigend stapfen sie so schnell es geht durch den Schnee. Er schließt die Tür zu ihrer Wohnung auf. „Dorthin!" Er deutet auf das Schlafzimmer.

„Sie bleiben draußen", sagt der Doktor streng. „Bitte sorgen Sie für heißes Wasser."

Eilig stellt Antonio den Kessel erneut auf den Herd und legt ein Holzscheit im Ofen nach. Er stellt das Wasser bereit und wartet. Aus dem Schlafzimmer ist kein Laut zu hören.

Er lehnt am Türrahmen, der die Küche vom Wohnzimmer trennt, ist plötzlich in seinen Gedanken fünfzehn Jahre alt und sieht seine Geschwister und seine Mutter – wie damals, als sein Vater starb.

Er sieht, wie die Zwillinge gemeinsam im Sessel sitzen, er sieht das Baby auf Mutters Schoß. Er hört ihr Weinen und kann sogar den modrigen Geruch der Stube wahrnehmen.

Unsicher hält er sich am Türrahmen fest und fängt an zu zittern.

Er spürt die Angst von damals. Giulias Worte hallen in seinem Kopf: „Papa ist tot. Papa ist tot." Immer wieder hört er diese drei Worte. Plötzlich fängt er an zu weinen. Sein ganzer Körper wird davon erfasst, er kann sich kaum beruhigen. Panisch und unfähig einen klaren Gedanken zu finden, setzt er sich auf einen Stuhl am Esstisch und lässt seinen Tränen freien Lauf.

Sein Panzer zerbricht in Millionen Einzelteile. Der Panzer, der ihn in der Vergangenheit vor allen Emotionen und Gefühlen geschützt hat und ihn so stark sein ließ, als er seinen Vater verlor.

Antonio stützt verzweifelt die Hände auf die Tischplatte und lauscht. Nur das eilige Hin- und Herlaufen auf dem knarrenden Parkett kann er vernehmen, jedoch keine Stimmen und vor allem keinen Laut von Maria. Seine Tränen versiegen. Er kommt fast um vor Angst. Die Stille hat etwas Bedrohliches. Was hat das alles zu bedeuten?

Antonio wartet mehr als eine Stunde. Die Hebamme kommt, um Wasser zu holen. Sie sagt kein Wort und verschwindet mit ernster Miene wieder im Schlafzimmer. Die Stille bleibt quälend. Was um alles in der Welt hat das alles zu bedeuten?

„Oh, mein Gott, meine arme Maria". Was ist geschehen? Er ist verzweifelt, seine Kehle zieht sich mehr und mehr zu bei jeder Minute, die vergeht. Er kann kaum atmen. Seine Hände sind schweißnass. Er zittert am ganzen Körper. „Maria, Maria..." jammert er vor sich hin.

Irgendwann geht die Tür des Schlafzimmers auf. Er springt auf, eilt dem Arzt entgegen. „Warten Sie noch", sagt der Doktor streng. „Bitte gehen Sie noch nicht hinein."

Er zuckt zurück. Der Doktor führt ihn zum Tisch und setzt sich erschöpft hin. „Bitte setzen Sie sich zu mir", sagt er leise.

Seine Augen füllen sich mit Tränen. Er weiß, dass etwas Schlimmes passiert ist. Antonio spürt es.

„Was...", seine Stimme versagt.

„Das Mädchen hat es nicht geschafft", sagt der Arzt tonlos. Es war eine schwierige Geburt. Sie hatte die Nabenschnur um den Hals und war wohl schon seit einigen Tagen tot. Es tut mir leid."

Er kann die Worte nicht verstehen. Er begreift sie nicht. „Das... das Baby ist tot?", fragt er unter Tränen.

„Ja, sagt der Arzt nur. „Es tut mir leid."

Antonio schüttelt sich vor Tränen. „Oh, nein ...". Er kann nichts sagen, ist geschockt.

„Bitte, Herr Lombardi, hören Sie mir zu", fährt der Doktor fort. Auch ihm scheint das Sprechen schwer zu fallen.

„Nein...", schreit er verzweifelt. „Nein, das darf nicht sein!" Das Baby ist tot. Maria hatte sich so darauf gefreut. Sie haben es nie in Betracht gezogen, dass bei der Geburt etwas passieren könnte. Er stützt sein Gesicht in seine Hände. Tränen rinnen durch seine Finger. „Nein, nein, nein...", stammelt er.

„Haben Sie es ihr schon gesagt?", flüstert er leise.

„Herr Lombardi, ihre Frau hat viel Blut verloren. Wir konnten es nicht stoppen. Herr Lombardi, ihre Frau wird die Nacht nicht überleben. Es tut mir leid. Wir haben alles versucht."

Antonio blickt ihn fassungslos an. „Was sagen Sie da?", fragt er entsetzt. Er springt auf. Der Stuhl hinter ihm fällt krachend zu Boden.

„Was sagen Sie da?", schreit er erneut. Er stürmt ins Schlafzimmer. Der Doktor will ihn aufhalten. Er ist unfähig einen klaren Gedanken zu finden.

„Nicht!", ruft er hinter ihm her. „Gehen Sie nicht hinein." Antonio reißt die Tür auf. Die Hebamme steht an Marias Bett. Sie trägt das tote Baby auf dem Arm. Sein Blick erfasst Handtücher voller Blut, ein blutgetränktes

Nachthemd. Er sieht Maria. Sie liegt auf dem Rücken. Sie ist blass und rührt sich nicht.

„Ist sie…?"

„Sie lebt".

Die Hebamme ist blass. Ihre Schürze, Hände und Arme sind mit Blut verschmiert. „Sie lebt, aber es sieht nicht gut aus. Sie hat zu viel Blut verloren. Sie wird es nicht schaffen."

Er bleibt wie versteinert stehen.

„Sie wird sterben?" Er lässt den Blick nicht von Maria.

„Ja, wir können nichts mehr für sie tun. Der Doktor wird heute Nacht bei Ihnen bleiben."

„Möchten Sie das Baby…?"

„Nein!" Er beachtet die Hebamme nicht. Sie nicht und das Baby auch nicht. Er will nicht, dass die Hebamme real ist. Er will kein totes Baby auf seinen Arm nehmen. Und er will vor allem nicht, dass Maria stirbt. Das darf nicht wahr sein. „Nein, nein, nein…"

Wie in Trance zieht er einen Stuhl zum Bett und nimmt Marias Hand. Dort sitzt er regungslos und kann nicht glauben, was geschehen ist.

In den frühen Morgenstunden spürt er, wie die Kraft aus Marias Hand weicht, wie sie ein letztes Mal atmet. Er schreit laut auf, weint, ist unfähig etwas zu tun. Der Doktor kommt herein, nimmt seine Hand von ihrer weg und faltet ihre Hände, wie es bei Toten üblich ist. Sanft schließt er ihre Augen.

„Es tut mir leid. Ich werde einen Pastor holen", sagt er leise.

Der Pastor kommt und gibt Maria den letzten Segen, während Antonio immer noch wortlos und wie versteinert an ihrem Bett sitzt.

„Müssen Sie jemanden informieren? Haben sie Familie, die sich um Sie kümmern kann. Sie müssen die Beerdigung vorbereiten," sagt der Pastor.

Er gibt ihm die Telefonnummer von Marias Mutter und von Sophia. Sie kommen bereits am frühen Mittag und gemeinsam sitzen sie an Marias Bett. Er ist unfähig mit ihnen zu reden. Der Doktor hat ihnen alles erklärt. Ihm ist so, als ob das Herz aus seiner Brust gerissen wurde. Er steht unter Schock und kann seine Trauer nicht in Worte fassen. Unfähig zu begreifen, was in den letzten Stunden geschehen ist.

Giulia und Daniele reisen ebenfalls an, um ihm beizustehen. Es ist schön, ihre Nähe zu spüren und die Gewissheit zu haben, dass er nicht allein ist. Sie setzen sich zu ihm. Gemeinsam wachen sie noch zwei Tage und zwei Nächte an Marias Bett, bevor sie sie gehen lassen. Das Baby liegt dabei. Es ist kaum zu ertragen.

„Ich werde dich nie gehen lassen, meine geliebte Maria", denkt er liebevoll. „Du wirst immer in meinem Herzen bleiben und das Mädchen auch. Ich werde Euch immer lieben."

*

Er weiß nicht, wie das Leben ohne Maria weitergehen und wie er die Trauer überstehen soll. Das Leben des Babys wurde ausgelöscht, bevor es begann. Bevor es einen Atemzug machen konnte. Das ist unfair und ungerecht. Warum wird er bestraft? Warum darf das Baby nicht leben? Und warum nimmt ihm Gott den einzigen Menschen, den er je geliebt hat?

Er hadert mit Gott und der ganzen Welt, kann sich nicht im Geringsten vorstellen ohne Maria weiterzuleben. Maria war ein Teil von ihm. Ein Ebenbild seiner selbst. Und dieser Teil ist nun gestorben. Wie soll er da weiterleben?

An dem Punkt, an dem das Glück für ihn am größten war, wurde es ihm entrissen.

13

Die nächsten Wochen verbringt er wie in einer Blase, die nur verschwommen das Licht der Außenwelt zu ihm durchdringen lässt.

Gemeinsam mit Marias Mutter organisiert er die Trauerfeier. Maria und ihre Tochter werden in ihrer Heimatstadt Cesano beerdigt. Die Nachricht hat die ganze Stadt erschüttert. So kommen zahlreiche Freunde und Bekannte, die Maria und ihre Familie begleitet haben.

Antonios Geschwister sind angereist, ebenso Fabio und seine Frau. Alle sind bestürzt vom plötzlichen Tod Marias und vom Tod seiner kleinen Tochter. Marias Mutter scheint daran zu zerbrechen. Die alte Dame wirkt ausgezehrt und kraftlos. Er findet keine Worte des Trostes, zu sehr ist er in seiner eignen Trauer gefangen. Zu groß ist der Schmerz, der sich tief in seinem Inneren breit gemacht hat.

Nach der Beerdigung fährt Antonio nach Rom zurück. Er lässt sich in seinem Schmerz fallen, bettet sich in Traurigkeit, kämpft nicht dagegen an. Den Weinladen lässt er einfach geschlossen und arbeitet nicht. Er kümmert sich nicht darum, isst kaum und verlässt das Haus nur, um wichtigste Einkäufe zu erledigen.

Ab und zu klingelt Fabio an seiner Tür, bringt ihm etwas zu essen aus seinem Restaurant und verschwindet ratlos, nachdem Antonio nicht mit ihm spricht. Fabio spürt, dass er nicht willkommen ist, dass er Antonio stört beim Traurigsein, dass nichts in der Welt seinen Schmerz heilen kann.

Nach Wochen werden seine Besuche weniger.

„Du musst wieder arbeiten, mein Freund", sagt Fabio bei seinem letzten Besuch. „Was machst du den ganzen Tag hier in deiner Wohnung? Geh hinaus, lerne Menschen kennen. Du hast genug getrauert. Du kannst Maria nicht wieder lebendig machen."

„Ich weiß", sagt Antonio kraftlos und schaut ihn mit leerem Blick an. Natürlich weiß er, dass Fabio recht hat, aber er will nicht wieder arbeiten. Er will nicht in eine Welt ohne Maria hinausgehen. Was soll er in dieser Welt? Er hat noch nie jemanden so sehr geliebt wie Maria, und er wird nie wieder einen Menschen so sehr lieben.

„Deine Kunden warten auf deinen Wein", versucht Fabio es weiter.

Antonio lächelt milde. Es ist ihm scheißegal. „Sie werden ohne mich auskommen. Es gibt andere Lieferanten".

„Aber keiner ist so gut wie du!", widerspricht Fabio. „Die Menschen lieben dich. Du hast dir einen großen Kundenstamm aufgebaut. Du bist der beste Weinlieferant in ganz Rom. Bitte wirf das nicht weg. Viele haben mich gefragt, wann du wiederkommst, wann es deinen Wein wieder gibt. Du verlierst alle deine Kunden."

„Sag ihnen, dass ich nie wieder Wein verkaufen werde."

„Aber Antonio...!". Entmutigt steht Fabio vom Tisch auf.

„Ich kann es nicht. Ich kann nicht mehr auf die Menschen zugehen, kann sie nicht überzeugen. Ich habe keine Energie, keine Kraft."

Fabio läuft ratlos umher. „Du musst etwas machen, Antonio. Bitte, gib dich nicht auf. Marias Tod war schlimm, aber du lebst weiter! Bitte gehe wieder hinaus. Besuche uns in unserem Restaurant, treffe Freunde", versucht er es weiter mit gutgemeinten Ratschlägen.

„Ich kann nicht", antwortet Antonio kraftlos.
In den nächsten Wochen hilft ihm Wein, um den Schmerz zu vergessen, um abends einschlafen zu können. Er trinkt abends, nach wenigen Wochen auch schon morgens zum Frühstück.

Er duscht nicht, rasiert sich nicht. Seine Haare sind lang und ungepflegt. Es ist ihm egal. Er geht nicht ans Telefon, wenn es klingelt. Meistens trägt er nachts die gleiche Kleidung wie am Tag. Er schläft abends auf dem Sofa ein, manchmal auch im Bett. Der Wein lässt ihn schlafen und seine Sorgen vergessen.

Antonio lebt von dem Ersparten, das Maria und er für das nie gekaufte Haus zurückgelegt haben. Er braucht nicht viel. Die Miete und ab und zu ein paar Flaschen Wein. Später kauft er auch Schnaps, da er die Wirkung des Weins kaum noch spürt.

Wochen, Monate oder vielleicht auch mehr als ein Jahr verbringt er in diesem Zustand. Er spürt, dass der Schmerz um Maria und das Baby weniger wird. Dabei weiß er nicht, ob es an seiner durch den Alkohol betäubten Wahrnehmung liegt oder ob die Zeit die Wunden heilt, wie man im Allgemeinen sagt.

Er beginnt den Tag mit einem Glas Wein, manchmal trinkt er gierig einen Schnaps dazu. Er isst wenig und schläft viel. Sein Leben ist ausweglos. Fabio hat sich schon Wochen nicht mehr gemeldet, auch die Anrufe, die er nicht entgegennimmt, werden weniger.

14

Er weiß nicht, was ihn eines Morgens erschaudern lässt, als er in den Spiegel schaut. Er sieht nicht sich. Er sieht einen alten ungepflegten Mann, die Haut ist fahl, faltig und von roten Adern durchzogen. Die Augen sind leer. Tot. Ohne Energie, ohne Funkeln, ohne Freude. Er sieht einen gebrochenen Mann, der in seinem eigenen Mitleid versunken ist, der es nicht verdient hat zu leben. Er erschaudert bei seinem eigenen Anblick, schließt die Augen, blinzelt, aber das Bild verschwindet nicht und zeigt ihm die Realität.

„Sterben wäre besser", denkt er und plötzlich weint er. Er weint, wie er es nie nach Marias Beerdigung getan hat. Er schluchzt, wie ein kleines Kind. Und wieder ist niemand da, der ihn tröstet. Niemand, wie damals als er fünfzehn Jahre alt war. Niemand, der ihn in den Arm nimmt, niemand der ihn hält.

Als die Tränen versiegen, schaut er starr und mit geröteten Augen in den Spiegel. Das ist er nicht! Das ist nicht der selbstbewusste, erfolgreiche Weinlieferant Antonio Lombardi aus Sizilien. Das hier ist ein Schatten seiner selbst. Ein Schatten, der wiedergibt, wie weit er sinken konnte.

Doch er hat in seinem Leben gelernt aufzustehen. Wenn er eines kann, dann ist es nach einem Tiefpunkt aufzustehen, so wie damals, als Papa starb.

In seinen Gedanken sieht er Maria. Sie lernte ihn als einen gutaussehenden, schlanken und großgewachsenen Mann kennen und lieben. Damals trug er einen eigens für ihn angefertigten Anzug und war sehr stolz darauf. Seine Schuhe waren handgenäht aus weichem hellbraunem Leder. Er erinnert sich daran, dass diese Schuhe die teuersten im Geschäft waren, in dem er sie kaufte. Seine Haut war von der Sonne gebräunt, und manchmal fiel ihm eine von der Sonne gebleichte Haarsträhne ins Gesicht. Er war großzügig und konnte sich in nahezu jeder Situation spielend leicht bewegen. Auf seinen vielen Reisen hatte er sich beste Umgangsformen angeeignet, sprach nicht nur italienisch, sondern auch ein wenig englisch und ein bisschen deutsch. Und er liebte das Leben.

Und heute? Er wischt die Tränen beiseite und lässt nicht ab von seinem armseligen Spiegelbild. Er ist erschüttert von der Wahrheit, die es reflektiert. Nein, das ist er nicht! Ungläubig verharrt er in diesem Moment.

„Nein, das will ich nicht mehr sein", schießt es ihm in den Sinn.

„Nein. Nein. Nein!"

Es ist der Moment, in dem er beschließt neu anzufangen.

„Geliebte Maria, du sollst weiterhin stolz auf mich sein", verspricht er laut vor dem Spiegel. Er wischt sich kaltes Wasser ins Gesicht und schüttelt sich, als versuche er damit sein derzeitiges Leben abzustreifen.

Nach einer langen Dusche entfernt er sorgfältig seinen Bart und kämmt sein Haar ordentlich zurück. Er wird morgen einen Friseur aufsuchen, nimmt er sich vor. Zudem sind seine Hosen zu eng geworden, er wird neue kaufen müssen. Seine Vorsätze bringen ihm Freude. Endlich spürt er die Kraft und den Elan seine Pläne umzusetzen.

Er säubert die Wohnung, bringt den Müll und leere Flaschen in den Abfall und schiebt die Vorhänge beiseite, so dass die Sonne das Wohnzimmer erleuchtet. Akribisch räumt er die Stube und Küche auf, bezieht das Bett mit frischer Bettwäsche und setzt sich danach erschöpft auf das Sofa. Die Sonne geht schon unter, und eine erste Dunkelheit erfüllt den Raum. Er wird unruhig.

Seine anfängliche Euphorie der Veränderung mündet in einen kraftlosen Moment.

„Wie soll ich mein Leben ändern?", denkt er verzweifelt. „Wie soll ich das schaffen? Und vor allem: Was soll ich zukünftig tun?"

Mutlos steht er auf, geht zum Kühlschrank und schüttet sich ein Glas Rotwein in ein großes Glas. Er nimmt es in die Hand, betrachtet die saubere und aufgeräumte Küche und das ordentliche Wohnzimmer. Sogar die Kissen, die Maria damals für das Sofa nähte, hat er ausgeschüttelt und in einer nie da gewesenen Ordnung drapiert.

Er besinnt sich einen Moment. Plötzlich weiß er genau, was zu tun ist. Sorgfältig kippt er den Wein in den Ausguss und lässt Wasser hinterherlaufen, bis der Alkoholgeruch verschwunden ist. Dann sammelt er alle angebrochenen und vollen Weinflaschen, die Schnapsflaschen und alle sonstigen Liköre und Bierflaschen zusammen und wirft sie in den Mülleimer. Er vergewissert sich, dass er alle eingesammelt hat und trägt die Tüte nach draußen.

Erschöpft betrachtet er wenig später das Foto von Maria auf dem Küchenschrank und schwört, dass sie ihn nie wieder in einer derart schlechten Verfassung sehen wird. Er küsst den kühlen Rahmen des Fotos, betrachtet sie und lächelt dem Foto zu. Er ist nicht alleine, denkt er.

„Du bist immer bei mir. Ich fange neu an", flüstert er. „Ich werde wieder leben. Du sollst weiterhin stolz auf mich sein, und ich werde dich immer lieben!"

Damit dreht er sich in der Wohnung um. „Es ist wie damals, bevor Maria starb", denkt er. Allein der Gedanke bringt ein kleines Lächeln auf seinem Gesicht hervor.

Das Licht im Wohnzimmer lässt er an, damit es hell ist, wenn er zurückkommt. Er beschließt Fabio in seinem Restaurant zu besuchen. Sicher wird er sich freuen.

*

Es ist eine laute und große Begrüßung, als er das Restaurant betritt. Fabio nimmt ihn in den Arm und weint vor Freude, als er ihn sieht. „Mein Freund", ruft er voller Freude und führt ihn an jeden Tisch im Restaurant, um seinen Gästen zu demonstrieren, dass ein alter Freund heute überraschend aufgetaucht ist. Antonio gefällt es. Er lächelt, genießt die Aufmerksamkeit.

„Wein, Rotwein", ruft Fabio laut und voller Freude durch das Lokal. „Heute feiern wir! Es ist so schön, dass du da bist."

„Nein, keinen Wein heute für mich. Keinen Rotwein für mich, bitte."

„Keinen Wein für Dich, mein Freund?", fragt Fabio verwundert.

„Nein. Keinen Wein für mich, aber wenn du etwas zu essen hättest, würde ich mich sehr freuen", antwortet er augenzwinkernd.

Fabio schaut ihn an, lächelt und wieder füllen sich seine Augen mit Tränen. „Ich verstehe, Signor." Er umarmt ihn erneut und führt ihn zu seinem Tisch.

„Ich kann mir vorstellen, dass du sehr hungrig bist", sagt Fabio kopfschüttelnd und umarmt ihn immer wieder.

„Dass du da bist! Es ist so schön! Ich werde Martha bitten dir ein Essen zuzubereiten. Fisch, Fleisch oder Pasta? Was möchtest du?"

„Alles. Ich habe riesigen Hunger", antwortet Antonio und betrachtet bedrückt Marias leeren Platz.

Sie sitzen noch lange an diesem Abend zusammen. Martha gesellt sich später hinzu. Auch sie freut sich riesig ihn zu sehen.

„Was hast du vor, Antonio? Werden wir den Wein wieder bei dir beziehen?", fragt sie interessiert.

„Ich weiß es noch nicht!", antwortet er ausweichend.

15

Der neue Tagesablauf fühlt sich gut für Antonio an. Er steht um 8 Uhr auf, bereitet ein Frühstück, bevor er wie jeden Tag in den Park geht und langsam zu sich und seinem Leben zurückfindet. Besorgt denkt er darüber nach, wie es weitergehen soll. Seine Ersparnisse und Rücklagen sind durch seine monatelange Untätigkeit nahezu vollständig aufgebraucht, so dass er gezwungen ist, für die Zukunft klare Pläne zu entwickeln.

Mehr und mehr wird ihm klar, dass er nicht mehr für den Weinhandel arbeiten möchte. Er kann es nicht, fühlt sich nicht in der Lage, sein altes Leben weiterzuführen. Zu viele Dinge der Vergangenheit belasten ihn und erinnern ihn an Maria. Langsam entwickelt sich der Gedanke, dass er einen Neuanfang möchte. Er möchte etwas ganz Neues beginnen.

Er ruft Giulia an und informiert sie darüber, dass es ihm besser geht, dass er Pläne für die Zukunft macht. Sie freut sich für ihn, berichtet vom Weingut und dass die Umsätze durch seinen Ausfall erheblich zurückgegangen seien.

„Wir verkaufen fast nur noch in Sizilien", sagt sie besorgt. „Du musst deine alte Arbeit wieder aufnehmen. Wir brauchen dich", fügt sie mit Nachdruck hinzu. Doch ihre Bitte erreicht ihn nicht. Er fühlt, dass das nicht der richtige Weg ist.

„Ich werde darüber nachdenken", antwortet er ausweichend und verspricht sich wieder bei ihr zu melden.

Jeden Tag quälen ihn die Erwartungen seiner Familie. Er versteht, dass sie ihn brauchen. Aber er spürt ebenso, dass er das alte Leben nicht mehr möchte. Er möchte nicht mehr reisen, nicht in Hotels übernachten und die Menschen überzeugen seinen Wein zu kaufen. Die vielen Gespräche und Verpflichtungen würden ihn überfordern. Er möchte auch keinen Weinladen mehr führen. Die Vorstellung jeden Tag in einem Geschäft zu stehen oder einen fachkundigen Ersatz zu suchen, erdrücken ihn.

Diese Gedanken sind gereift. Er spürt sie klar in sich. Jedoch ist er völlig ratlos, was er stattdessen machen könnte, da er nie etwas anderes gelernt hat.

Immer und immer wieder sitzt er auf seiner Lieblingsbank im Park und denkt über seine Zukunft nach, aber er findet keine Lösung. Plötzlich schießt ihm Lucia durch den Kopf. Ihre wunderschöne Begegnung vor vielen Jahren in der Hütte ihres Dorfes. Er erinnert sich an ihre Frage: „Bist du glücklich?"

„Nein", denkt er. „Glücklich bin ich nicht. Das wäre auch unmöglich nach dem, was passiert ist. Aber was möchte ich? Was sind meine Träume?"

Er beschließt genau in sich hineinzuhören und seine Träume niederzuschreiben. Gedankenversunken schließt er die Augen und hört das Rauschen der Blätter der Bäume.

„Was will ich?"

Damals war es einfacher auf die innere Stimme zu hören. Er muss an die Träume von damals denken. Er wollte Länder in Europa bereisen, er wollte Österreich sehen, Wien und Salzburg, und er wollte Deutschland besuchen. Plötzlich muss er lächeln. Er wollte Musik machen, weil die Mundharmonika damals sein größter Schatz war. Er liebte es darauf zu spielen. Die Musik hatte er völlig aus seinem Leben und seinen Gedanken verloren.

Er bleibt noch etwas in der Sonne sitzen. Auf der angrenzenden Wiese spielen ein paar Kinder Fußball. Sie lachen so laut, dass er es bis hierher hören kann. Die Unbefangenheit der Kindheit ist so wertvoll, kommt es ihm in den Sinn.

„Was will ich?" Immer und immer wieder stellt er sich diese Frage, und plötzlich kommen ihm andere europäische Länder in den Sinn. Dabei spürt er eine nie dagewesene Energie in sich aufsteigen. Das Reisen in europäische Länder hat für ihn nach wie vor eine magische Anziehung und einen besonderen Reiz. Der Gedanke daran lässt sein Herz höherschlagen.

Der Gedanke zu reisen fühlt sich gut und richtig an. Aber was um alles in der Welt soll er beim Reisen machen? Er muss Geld verdienen. Außerdem kennt er niemanden außerhalb Italiens, er hat dort keine Verwandten oder Freunde. Daher scheinen die Gedanken absurd. Dennoch spürt er, dass genau das sein Weg ist.

Er kommt in seinen Überlegungen nicht weiter und beschließt in den nächsten Wochen darüber nachzudenken. Froh, zumindest eine kleine Idee für die Zukunft zu haben, blickt er in den Himmel. Die Sonne wärmt seine Haut an diesem wunderschönen Oktobertag. Er genießt es, glücklich zu sein.

Sein Tagesablauf ist nicht spektakulär. Seine Gedanken scheinen sich im Kreis zu drehen. Er kennt niemanden, der je in Österreich oder Deutschland war, und auch Fabio winkt unbeholfen ab und beteuert dort keine Kontakte zu haben, als er ihm davon erzählt.

„Bleib hier, mein Freund", sagt er mürrisch, als er ihm bei seinem nächsten Besuch eine Pasta mit Gemüse bringt. „Was willst du in einem fremden Land? Das ist nichts für dich. Du wirst einsam sein."

*

Es ist bereits Frühling, als er sich mehr und mehr Gedanken macht. Seine Ersparnisse sind aufgebraucht, und den Weinladen hat er inzwischen abgegeben. Er ist gezwungen etwas zu unternehmen und zwar schnell.

Es ist kalt, und er zieht seine Kappe tiefer in sein Gesicht, als er eines Tages Ende März zu Fabio kommt. „Bitte einen heißen Kaffee", ruft er zur Begrüßung. Er setzt sich wie immer an den kleinen Ecktisch. Fabio eilt herbei.

„Hier ist etwas", ruft Fabio laut, so als ob er die Kernspaltung erfunden hätte und knallt die Tageszeitung auf den Tisch.

„In Deutschland werden Arbeiter für den Wiederaufbau gesucht. Hier steht's."

Aufgeregt greift Antonio nach der Zeitung. „Zeig her!" Fabio setzt sich zu ihm an den Tisch. Sie lesen gemeinsam die Anzeige auf der Rückseite der Tageszeitung.

„Wiederaufbau also", murmelt Antonio. Deutschland heuert Arbeiter aus den umliegenden Ländern für den Wiederaufbau an.

Im Wesentlichen werden Hilfsarbeiter für den Baubereich gesucht, Straßen- und Brückenbauer, Maurer, Schreiner und Dachdecker. Fachkräfte und ungelernte Kräfte können sich melden. Der Einsatzort wird nicht genannt. Die Dauer der Beschäftigung ist für sechs Monate ausgeschrieben mit der Möglichkeit der Verlängerung. Am Ende der Anzeige stehen eine Adresse für die Bewerbung und eine Telefonnummer für Rückfragen.

„Es gibt keine Angaben, in welcher Stadt die Hilfskräfte gesucht werden", wirft Fabio nachdenklich ein, lässt erste Zweifel erkennen.

„Darf ich die Zeitung haben?", fragt Antonio, ignoriert seine Zweifel und zieht die Zeitung zu sich herüber.

„Na klar", antwortet Fabio. Antonio spürt, dass er stolz ist, die Anzeige entdeckt zu haben. Vielleicht würde auch er gerne den Plan verfolgen für eine unbestimmte Zeit nach Deutschland zu gehen. Zumindest klingt die Idee in einem anderen Land zu leben spannend und ist sogar für den heimatverbundenen Italiener eine Versuchung, denkt er lächelnd.

Antonio nimmt die Zeitung mit nach Hause. Er liest die Anzeige in den nächsten Tagen so oft, dass er sie auswendig kennt. Mehr und mehr wächst seine Vorstellungskraft als Hilfsarbeiter für den Wiederaufbau nach Deutschland zu reisen. Schwärmend schmückt er die Idee mit positiven Vermutungen, Absichten, Vorstellungen und unterstreicht alle mit der Verwirklichung seines Planes ein neues Leben anzufangen.

Antonio sieht sich in einer Gemeinschaft mit neuen Arbeitskollegen. Er findet den Gedanken eine neue Wohnung zu haben, die ihn nicht an Maria erinnert, geradezu befreiend. Die Hoffnung sein altes Leben hinter sich zu lassen, lässt einen Funken Energie in ihm aufsteigen.

Er spürt, dass er den Neuanfang wagen muss. Irgendetwas sagt ihm, dass er mit diesen Gedanken auf dem richtigen Weg ist, auch wenn die Aussichten alles andere als rosig sind.

Dabei ist ihm bewusst, dass der auf wenig fundierten Informationen haftende Plan die großen Unsicherheiten birgt zu versagen, die Dinge falsch einzuschätzen und ihn vor Heimweh in die Knie zu zwingen.

Dennoch. Was hat er schon zu verlieren? Er hat bereits die Menschen verloren, die ihm lieb und wichtig waren. Er kann nicht mehr tiefer sinken. Er braucht den Neuanfang, um sich wieder zu spüren, um mehr zu spüren als Trauer, Schmerz und das Alleinsein. Er will die Oktaven der Gefühle wahrnehmen, wie er es früher tat. Erfolg, Freude, Stolz und vielleicht sogar Liebe.

*

Nur wenig später ruft er unter der angegebenen Telefonnummer an und lässt sich weitere Informationen geben. Ein mürrischer Herr am Telefon erklärt ihm, dass die Arbeitskräfte für den Brückenbau einer Autobahn östlich von Köln gesucht werden. Er scheint Deutscher zu sein und spricht gebrochenes Italienisch.

„Ich habe bisher Wein verkauft, noch nie auf einer Baustelle gearbeitet. Außerdem spreche ich nicht einmal die deutsche Sprache", gibt er zu bedenken und fragt sich, ob dieser Schritt nicht doch eine unsinnige Idee ist.

„Das macht nichts", kommt eine aufmunternde Antwort zurück. „Wir beschäftigen viele ungelernte Kräfte. Sie werden die Arbeit schnell lernen."

Er bittet ihn seine Personalien und einen Lebenslauf an die in der Anzeige genannt Adresse zu richten.

„6-Tage-Woche, 48 Stunden die Woche", ruft er zuversichtlich in den Hörer. „Und das Gehalt stimmt", fügt er großspurig hinzu. Antonio spürt, dass er gerade einen Neuanfang begonnen hat.

Die Rückmeldung der Firma und den Vertrag, den er unterschreiben muss, findet er schon nach wenigen Tagen in seinem Briefkasten. Er ist mächtig aufgeregt, als er sich das Informationsschreiben durchliest. Die Informationen sind auf Deutsch geschrieben, eine italienische Übersetzung ist beigefügt. Das Datum und der Treffpunkt für den Sammeltransport der neuen Mitarbeiter nach Köln wird mitgeteilt, und eine Liste mit den wichtigsten Reiseutensilien ist beigefügt. Die Unterkunft erfolgt zunächst in einem Pfarrheim in Köln, später nach der Einteilung auf den zugewiesenen Baustellen in Bauwagen zu jeweils sechs Personen. Der Lohn wird wöchentlich in bar ausgezahlt.

Ohne zu zögern unterschreibt er den Vertrag und wirft ihn umgehend in den Briefkasten. Ihm ist klar, dass er sein Leben damit völlig auf den Kopf stellt. Er ist es weder gewohnt den ganzen Tag körperlich zu arbeiten, noch weiß er wie es sein wird immerzu Menschen um sich zu haben. Selbst nachts wird er nicht alleine sein. Er kennt Deutschland nicht, hat bisher wenig von Köln gelesen. Außerdem wird er seine Familie und Fabio sicher sehr vermissen.

Doch er hat das Gefühl das Richtige zu tun. Mehr noch. Es ist wie ein Befreiungsschlag. Eine Perspektive, ein Neuanfang.

Er wirft den Vertrag in den Briefkasten, und auf dem Rückweg spürt er beinahe etwas von Glück. Er ist stolz, dass er einen neuen Weg für sich gefunden hat, auch wenn er nicht weiß, wie es sein wird.

Er blickt nach vorne, nicht zurück. Diese Perspektive erscheint ihm lebenswert und richtig. Gedankenverloren schaut er in den Himmel.

„Meine geliebte Maria", denkt er und spürt, wie sich seine Augen mit Tränen füllen. „Ich habe einen neuen Weg gefunden und hoffe, dass du damit einverstanden bist. Viel mehr noch, vielleicht bist auch du ein wenig stolz auf mich. So lange habe ich um dich getrauert. Du wirst immer in meinem Herzen sein, das verspreche ich dir. Aber ich muss weiterleben. Hier und jetzt. Doch ich werde dich immer lieben."

Er wischt die Tränen fort und geht nach Hause. „Mein Gott, was habe ich getan?" Seine Euphorie für den neuen Lebensweg mündet plötzlich in erste Zweifel. „Was, wenn die Arbeit zu schwer ist?", denkt er besorgt.

„Was, wenn ich der Anstrengung nicht gewachsen bin?" Nach seinem schweren Schicksalsschlag steht er nicht wie ein Fels im Leben. Er ist labil, empfindsam, nicht rau und unerschrocken, wie man es bei einem solchen Abenteuer sein sollte. Seine Gefühle schwanken ständig zwischen Hoffnung und Angst vor dem, was die Zukunft für ihn bereithält.

*

Bis zur Abreise verfolgen ihn beinahe Tag und Nacht die quälenden Gedanken, dass er der Arbeit nicht gewachsen ist. Doch er bleibt bei seinem Entschluss. Es wäre ein Leichtes gewesen, der Firma abzusagen, aber er macht es nicht. Stattdessen organisiert er seinen Weggang, löst seine Wohnung auf, stellt seine Möbel bei Fabio im Keller unter und besucht seine Familie auf dem Weingut zum Abschied.

Es ist nur ein Koffer, den er mit sich führt, als ihn Fabio in den frühen Morgenstunden zur Sammelstelle an der Piazza Navona begleitet und sich unter Tränen verabschiedet.

„Schreib uns, so oft es geht. Pass auf dich auf", sagt Fabio zum Abschied. Er verschwindet, noch bevor Antonio in den Bus einsteigt.

Antonio bleibt zurück. Allein in einer Stadt, die er liebt. Rom ist ihm ans Herz gewachsen. Er hat es geliebt hier zu leben. Er liebt die Menschen, die Gebäude und das Treiben der Stadt. Doch er kehrt Rom den Rücken. Wie töricht von ihm. Wie dumm. Doch er muss den Weg gehen, um seine Vergangenheit zu vergessen. Nur deshalb geht er diesen Weg. Er muss seine Trauer begraben, seinen Gedanken eine neue Perspektive geben.

Um ihn herum verabschieden sich Frauen von ihren Männern. Kinder winken zum Abschied, als sie abfahren, Er kann seine Tränen nicht aufhalten, als sich der Bus in Bewegung setzt. Er schaut zum Fenster hinaus, damit niemand seine Tränen sieht.

Während der Fahrt bemerkt er kaum die geschwätzigen Mitreisenden um ihn herum. Der Platz neben ihm bleibt frei. Er spricht kaum ein Wort, ist in seinen Gedanken, vielleicht auch in der Angst vor der

Zukunft versunken. Nur einmal dreht sich ein kräftiger Mann um, der in der Reihe vor ihm sitzt.

„Ich bin Tommaso", stellt er sich vor, reicht ihm seine fleischige, raue Hand und lächelt ihm aufmunternd zu.

„Antonio", antwortet er nur und reicht ihm auch die Hand.

„Auf nach Deutschland", ruft Tommaso laut in den Bus.

Die etwa zwölf Mitreisenden antworten wie im Chor: „Auf nach Deutschland!"

16

Die Reise ist lang und anstrengend. Die Sonne erwärmt den Bus. Es ist unerträglich heiß darin. Sie machen wenige Pausen. Antonio schläft, schaut sich interessiert die vorbeiziehende Landschaft und die österreichischen Gebirgslandschaften an und ist erschöpft, als sie endlich in Köln ankommen.

Sie werden in einem Pfarrhaus in der Innenstadt untergebracht. Das Pfarrheim dient als erste Auffangstation für Gastarbeiter, die in Köln eintreffen. Es ist laut und voll. Ein stickiger Geruch erfüllt den kahlen ungemütlichen Raum, in dem Feldbetten aufgestellt wurden. An der Essenausgabe gibt es Erbsensuppe. Von dem Geruch wird Antonio übel. Er sucht sich einen ruhigen Platz am Ende des Raumes und legt sich auf ein Bett, während die anderen noch bis tief in die Nacht auf den Neuanfang anstoßen und sich laut unterhalten.

Am nächsten Tag begrüßt sie ein Vorarbeiter der Baufirma, für die sie zukünftig arbeiten werden. Er spricht italienisch und teilt sie in Gruppen ein. Antonio ist mit fünf weiteren Arbeitern auf einer Baustelle für einen Brückenbau etwa eine Stunde Fahrzeit östlich von Köln vorgesehen. Sie werden aufgefordert ihre Sachen zu holen. Wenig später bringt sie ein Kleinbus zu ihrem neuen Arbeitsplatz.

*

Antonios neues Zuhause ist ein grüner Bauwagen mit kleinen Fenstern, von dem die Farbe bereits abblättert, auf einer großen Baustelle einer Autobahn-Talbrücke am Rande des südlichen Sauerlands. Sein erster skeptischer Eindruck bestätigt sich, als er das Innere des tristen Bauwagens betrachtet. Sechs Betten, jeweils zwei übereinander, ein kleiner Ofen, der im Winter für Wärme sorgt und auf dem sie das Essen zubereiten können, sowie eine Eckbank und ein Tisch sind die zweckmäßige Einrichtung. Alles ist alt, abgewohnt, wenig einladend. Stauraum für persönliche Sachen befindet sich lediglich unter den unteren Betten.

Antonio ist schockiert. „Mein Gott, was habe ich gemacht?", denkt er. Tommaso, den er bereits auf der Busfahrt kurz kennengelernt hat, zählt zu seiner Gruppe. Ähnlich wie die anderen scheint er das Leben in einem Bauwagen und zumindest die Arbeit auf „dem Bau", wie sie hier sagen, gewohnt zu sein. Sie sind kräftig, haben einen rauen Ton und sind nicht annährend so geschockt wie er.

„Du gewöhnst dich daran", sagt Tommaso aufmunternd. Er hält eine Zigarette zwischen den Zähnen und steht im weißen Unterhemd vor ihm. Antonio betrachtet anerkennend seine ausgeprägten Muskeln. Tommaso lächelt ihm zu und scheint seine Bedenken zu ahnen. Vielleicht erkennt er auch an Antonios wenig muskulösem Körper und an seinen feingliedrigen Händen, dass er keiner von ihnen ist.

Antonio bezieht ein unteres Bett, verstaut seine Habseligkeiten darunter und schiebt ein Foto von Maria unter das Kopfteil der Matratze. Kraftlos legt er sich auf das Bett, schließt die Augen.

„Lieber Gott, bitte gib mir die Kraft, dass ich das hier durchstehe", denkt er mutlos.

*

Die nächsten Wochen sind geprägt von schwerer körperlicher und anstrengender Arbeit. Nach einer fachlichen Einweisung arbeitet Antonios Kolonne an der Einschalung einer Autobahnbrücke. Sie setzen etwa vierzig Meter hohe Pfeiler und betonieren die Bauabschnitte. Antonio schaut den anderen aufmerksam zu, lernt schnell, kann sich schon bald einbringen und wird schnell von den anderen akzeptiert. Die Kollegen sind nett und helfen ihm gerne, wenn er Fragen hat.

Die Mahlzeiten nehmen sie gemeinsam ein. Antonio gewöhnt sich allmählich an den rauen Ton, die schlechten Witze und die direkte aber ehrliche Art der Kollegen. Sie furzen und lachen darüber. Das Schnarchen ist auch außerhalb des Bauwagens zu hören.

Doch Antonio mag die Kollegen. Es fühlt sich gut an wieder unter Menschen zu sein. Langsam wachsen sie zu einer Gemeinschaft zusammen. Alle sind kumpelhaft und haben sich gegenseitig im Blick, ohne sich im Einzelnen zu wichtig zu nehmen. Sie leben auf engstem Raum zusammen. Dabei ist es zwingend notwendig, dass jeder auf den anderen achtet, die Bedürfnisse des anderen respektiert und sich selbst etwas zurücknimmt. Nur so kann das gemeinsame Zusammenleben ohne Konflikte funktionieren.

Roberto ist der Jüngste, ein ausgesprochen gutaussehender junger Mann von Mitte zwanzig, der mit seinem Charme sofort alle in seinen Bann zieht. Er ist beliebt, immer freundlich und durch seine positive Art ein großer Gewinn für die Gruppe.

Carlo ist der Älteste von ihnen. Er erzählt häufig von seiner Frau und seinen vier Kindern, die er nur ungern zurückgelassen hat. Anscheinend vermisst er sie sehr. Er ist Baggerfahrer und möchte ein paar Monate in Deutschland arbeiten, um Geld zu verdienen. Den Großteil seines Gehaltes sendet er an seine Familie in Rom.

Tommaso ist ein erfahrener Bauarbeiter. Er ist der einzige mit einer abgeschlossenen Berufsausbildung als Maurer, arbeitete bereits in Rom auf großen Baustellen und sucht die Herausforderung. Er hat keine Familie und ist „vogelfrei", wie er erzählt. Außerdem ist er neugierig und schon viel rumgekommen. Das gefällt Antonio.

Petro ist der Leiter der Kolonne und schon seit drei Jahren bei der Firma und auf dieser Baustelle tätig. Er studiert die Baupläne, legt die Bauabschnitte fest und teilt die Arbeiten ein. Außerdem steht er mit dem Vorarbeiter, der die Baustelle freitags besucht, in engem Kontakt. Antonio schätzt Petro sehr. Er lernt viel von ihm, da er ein großes Wissen und die Fähigkeit des strukturierten Denkens hat.

Auch Andrè arbeitete bereits auf dieser Baustelle. Er ist der kräftigste und gemütlichste von ihnen. Andre sorgt für das Essen. Er erinnert Antonio an Fabio aus dem Restaurant in Rom. Aber André kocht nicht annähernd so gut. Zwar versucht er ab und zu italienisch zu kochen, aber der Vorarbeiter bringt freitags nicht nur die Gehälter, sondern auch die Lebensmittel und Getränke für die ganze Woche. Er muss schauen, was er daraus kochen kann. Oft ist es nicht italienisch, sie müssen sich an die neuen Gerichte gewöhnen.

Die Arbeiten sind nicht kompliziert und vorwiegend von körperlicher Anstrengung geprägt. Antonios anfängliche Bedenken, dass er der körperlichen Arbeit nicht gewachsen sei, bestätigen sich. Jeden Abend fällt er todmüde ins Bett und schläft sofort ein, bis er am nächsten Morgen gegen sechs aufwacht, um die Arbeit erneut zu beginnen.

Seine Kollegen verbringen die Abende in einer nahegelegenen Kneipe oder mit Bier, Zigaretten und Knobelspielen vor dem Bauwagen, während er sich oft in den Bauwagen zurückzieht und die Ruhe bevorzugt. Er ist es nicht gewohnt, ständig Menschen um sich zu haben, daher fällt ihm das Zusammensein mit den Kollegen schwer. Außerdem hat er Heimweh. Er vermisst das italienische Essen, das Reisen und den guten Wein. Antonio hat Sehnsucht nach seinem alten Leben, nach Rom, den Restaurants, seinen Freunden, nach seiner Familie. Außerdem fehlt ihm die Abwechslung und auch der Umgang mit Menschen.

Manchmal legen seine Kollegen italienische Musik in dem alten Kassettenrecorder auf. Der Kassettenrecorder ist zwar abgenutzt, die Kassetten leiern, aber er funktioniert und sie können italienische Musik hören. Dann setzt Antonio sich dazu. Gemeinsam sind sie der italienischen Heimat recht nahe. Roberto tanzt dann wild dazu, es ist lustig, sie haben Spaß.

In den ersten Wochen denkt Antonio darüber nach zurückzukehren und sein altes Leben in Rom als Reisender und Weinverkäufer wieder aufzunehmen. Doch schon der Gedanke daran macht ihn traurig. Die Bilder der Vergangenheit ziehen wie schwarze Wolken in seine Seele. Er denkt an Maria. Dann krampft sein Herz vor Traurigkeit und den schlimmen Erinnerungen an ihren Tod und den Tod seiner kleinen Tochter. Er kann und will nicht wieder zurück. In Rom würde er ihren Verlust jeden Tag viel mehr spüren als hier weit weg auf einer Baustelle in Deutschland.

„Ich kann nicht zurück, ich würde es nicht aushalten", denkt er verzweifelt und unsagbar traurig über diese Erkenntnis.

*

„Am Wochenende ist ein Scheunenfest im Nachbarort", berichtet Roberto eines Abends, als er aus einer Kneipe des Dorfes kommt. „Lasst und hingehen", ruft er vergnügt. Es gibt Musik und Tanz und reichlich zu trinken. Außerdem soll ein Spanferkel gegrillt werden." Seine Kollegen stimmen lautstark zu, schmücken in bunten Farben das Fest aus. Roberto wittert die Chance nach einem Abenteuer und vielleicht ein hübsches Mädchen kennenzulernen.

„Antonio, komm doch auch mit. Du musst doch auch mal etwas anderes sehen", ruft Roberto und schaut ihn erwartungsvoll an.

Antonio liegt auf dem Bett und liest ein Buch. Überrascht schaut er ihn an. „Ja, gerne", antwortet er kurzentschlossen. „Die Abwechslung wird mir guttun. Ich freue mich darauf."

*

Am Samstagnachmittag machen sie sich auf den Weg in das Dorf. Von weitem hören sie Musik und sehen bunte Fähnchen über den Straßen. Vor einer großen Scheune etwas außerhalb des Dorfes wurden Heuballen gestapelt und mit Blumen dekoriert. Musikanten spielen Tanzmusik. Auf der kleinen Tanzfläche drehen zwei Tanzpaare ihre Runden. Wahrscheinlich haben sich alle Bewohner des Dorfes hier versammelt, denn viele sind gekommen, sitzen gemütlich auf den Bierbänken oder unterhalten sich am Bierstand. Kinder laufen aufgeregt umher. Die Mädels haben eng geflochtene Zöpfe, die Jungs tragen Lederhosen.

„Es ist wie aus einem meiner Bücher, die ich über Deutschland gelesen habe", denkt Antonio schmunzelnd. Er freut sich hier zu sein. Zum ersten Mal, seit er in Deutschland ist, hat er das Gefühl am richtigen Ort zu sein.

Sie bestellen Bier und stellen sich an die Tanzfläche. Tommaso prostet ihnen freudig zu und versucht sein bestes Deutsch zu sprechen. Er hat sich rasiert, sein weißes Hemd angezogen. Er sieht blendet aus. Auch die anderen haben sich in Schale geworfen. Sie tragen weite Bundfaltenhosen mit Bügelfalten und frisch gebügelte Hemden. Antonio trägt sogar seine Hochzeitsschuhe.

Sie genießen es unter Menschen zu sein und haben vereinbart, in deutscher Gesellschaft nur Deutsch zu sprechen. Ihre Kenntnisse sind auf Anfängerniveau. Sie nehmen es mit Humor Fehler zu machen oder Wörter nicht zu wissen. Fehlerhafte Ausdrücke werden humorvoll korrigiert, so dass keiner Angst haben muss, etwas Falsches zu sagen. Sie haben Spaß und freuen sich hier zu sein.

Aus dem Augenwinkel nimmt Antonio zwei junge Männer wahr, die nur wenige Meter entfernt von ihnen stehen. Sie halten Biergläser in den Händen, unterhalten sich offensichtlich über sie. Antonio schaut hinüber. Sie betrachten ihn abfällig.

„Seid ihr die Itacker von der Baustelle?", ruft der eine plötzlich laut zu ihm hinüber.

Antonio erschrickt, antwortet nicht. Er hat ein mulmiges Gefühl. Es ist die abwertende Stimmlage, der herablassende Blick, der ihn zum Schweigen bringt und sich nach Ärger anfühlt.

„Ej, könnt ihr nicht antworten, ihr blöden Spaghetti-Fresser", ruft der Fremde erneut. Er ist betrunken, versucht sie zu provozieren. Niemand von ihnen antwortet. Ihre Sprache würde sie verraten. Alle sind ebenso erschrocken wie Antonio, und genau das scheint den jungen Mann wütend zu machen. Plötzlich kommt er mit langsamen Schritten auf Antonio zu und bleibt dicht vor ihm stehen.

„Hey, habt ihr Tomaten auf den Ohren?", brüllt er ihn erneut an und lacht laut über seinen Witz. Wieder antwortet Antonio nicht. Tommaso will auf ihn zugehen, doch Antonio hält ihn am Ärmel. „Bleib hier", befiehlt er mit strenger Stimme. Tommaso bleibt stehen.

Der Fremde lacht. Plötzlich schubst er Antonio und stellt sich breitbeinig direkt vor ihn, so dass Antonio seine Alkoholfahne riechen kann. Antonio versucht das Gleichgewicht zu halten.

„Hansi, lass ihn doch", ruft der andere Mann. Er bemüht sich um Schlichtung. Offensichtlich sind beide betrunken, denn der zweite Mann lallt. „Geht doch dahin, wo ihr hergekommen seid", ruft der Erste wieder laut und schubst nun auch Roberto.

Roberto versucht das Gleichgewicht zu halten und torkelt. Der Mann schlägt plötzlich auf Roberto ein, so dass dieser zusammensackt. „Scheiß Itaker", ruft er wütend.

Eilig kommen Männer angelaufen, halten den Fremden zurück. „Mensch Hansi, was soll das? Lass sie in Ruhe", sagt einer, nimmt den Betrunkenen am Arm und führt ihn Richtung Ausgang.

„Entschuldigung", murmelt ein anderer. „Er hat wohl zu viel getrunken." Verlegen hilft er Roberto aufzustehen. „Geht's?", fragt er freundlich. Roberto nickt, streicht den Schmutz von seiner Kleidung und gibt zu erkennen, dass alles in Ordnung ist. Tommaso ist rot vor Wut im Gesicht. „Lass gut sein", sagt Antonio und hält ihn noch immer fest.

„Möchtet ihr etwas vom Spanferkel?", fragt ein anderer Mann, der die Situation beobachtet hat und hinzukommt. „Das Ferkel ist fertig und schön knusprig. Kommt schon."

Sie schauen sich unsicher an. „Ja, das ist nett", sagt Carlo und rettet die Situation. „Kommt mit Jungs, wir gehen Spanferkel essen."

Freundlich werden ihre Teller mit riesigen Portionen Spanferkel und Kartoffelsalat gefüllt. Die Dame an der Essensausgabe lächelt freundlich, als sie Antonio ihren Teller hinhält. „Guten Appetit", sagt sie freudig und schaut ihn mit dunklen Augen an, die ihn an Maria erinnern. Sie setzen sich auf die Bierbänke an die Tanzfläche. Antonio hat das Gefühl, dass ihn alle anstarren. Wir sind Ausländer. Und wir waren in eine Prügelei verwickelt. Der Schreck sitzt ihm noch in den Gliedern.

Antonio spürt, dass sie nicht dazu gehören. Sie sind Fremde in dem Dorf, in dem sich jeder kennt. Plötzlich fühlt er sich unsicher. Auch seine Jungs scheinen ihre Unbeschwertheit verloren zu haben, denn die Fröhlichkeit ist schlagartig verschwunden. Keiner setzt sich zu ihnen, auch nicht, als sich die anderen leeren Bierbänke langsam füllen. Alle betrachten sie skeptisch.

Antonio fühlt sich unwohl, doch er bleibt, genau wie seine Kollegen. Tommaso rettet die Situation. Er holt erneut Bier und noch mehrere Portionen Spanferkel, die sie genüsslich essen. Spät am Abend kommen sie dann doch mit einigen Gästen ins Gespräch. Sie geben sich große Mühe Deutsch zu sprechen. Ihre Bierbank füllt sich mit Gästen, und Tommaso tanzt sogar mit einem deutschen Mädchen.

Es ist ein seltsamer Abend. Antonio hatte sich darauf gefreut. Nun spürt er, dass sie Außenseiter aus einem fremden Land sind. Die Menschen hier sind anders als seine Freunde in Italien. Sie sind weniger fröhlich, oder vielleicht denkt er das nur. Vielleicht sind sie auch weniger tolerant, als die Menschen in Rom, die es gewohnt sind, dass Touristen die Stadt besuchen. In diesem kleinen Dorf kommen nur selten Fremde vorbei. Die Menschen sind vorsichtig, skeptisch. Außerdem sind sie schlechte Tänzer, denkt Antonio schmunzelnd, denn die Gäste des Festes sind begeistert darüber, wie Tommaso tanzt. Das Mädchen schaut ihn dabei ganz verliebt an.

17

Giulia und Fabio senden regelmäßig Briefe und Antonio schreibt ebenso oft zurück. Ihre Zeilen sind sein einziger Kontakt in die Welt außerhalb der Baustelle und nehmen ihm das Gefühl des Alleinseins.

Es ist Freitag, und der Vorarbeiter verteilt wie gewohnt die Post. „Dat is für disch", sagt er auf Kölsch und reicht ihm einen Brief. Er sprach nur am Anfang italienisch mit ihnen, doch inzwischen spricht er ständig Kölsch, und sie haben oft Schwierigkeiten ihn zu verstehen.

„Danke", murmelt er und nimmt den Brief entgegen, erkennt sofort an der Schrift, dass er von Giulia ist und freut sich insgeheim sehr darüber. Er verschwindet im Bauwagen, legt sich auf das Bett und liest das Geschriebene. Er liest den Brief mehrmals und spürt, dass ihm Giulia mehr sagen möchte als das, was tatsächlich darinsteht.

Giulias lange Briefe waren bisher voller Freude und Lebensmut.

Oft nahm Antonio seine Kraft aus ihren Briefen. Nun schreibt sie von ihren Sorgen um die Familie und davon, dass es mit dem Weingut bergab gehe. Die Umsätze seien eingebrochen. Daniele sei nach einer starken Lungenentzündung geschwächt und auf dem Weingut nicht voll einsatzfähig. Er könne seine Arbeit nicht in vollem Umfang nachgehen. Das hat zur Folge, dass die Kelterei momentan stillsteht.

Giulia schildert besorgniserregende Zustände. Die Trauben wurden nicht rechtzeitig geerntet und verfaulen an den Weinstöcken. Hinzu kommt, dass die wenig geernteten Trauben nicht verarbeitet wurden. Daniele fehlt an allen Stellen, denn er koordinierte bisher die Verfahren, organisierte die Abläufe.

Antonio macht sich Sorgen über die verheerenden Zustände und springt nervös auf. Bei der Weingewinnung müssen alle Verfahren sorgfältig aufeinander abgestimmt sein. Fehlt ein Verfahrensschritt, können die nächsten nicht erfolgen. Eine Kettenreaktion. Nur eine Störung bedeutet den Ausfall auf der gesamten Linie, wie ein Sandkorn im Getriebe einer verlässlichen Schweizer Uhr.

Vor Aufregung kann er keinen klaren Gedanken fassen. Unruhig läuft er im Bauwagen hin und her. Das Weingut liegt Antonio am Herzen, die Weinlese ist die finanzielle Grundlage für das Leben seiner ganzen Familie. Wenn die Traubenernte ausfällt, werden auch die Umsätze des Weinverkaufs weiter einbrechen. Es ist eine katastrophale Situation. Er sucht verzweifelt nach Lösungen.

Was ist mit seinem jüngsten Bruder Leonardo? Warum hilft er nicht? Giulia schreibt, dass Leonardo sie nicht unterstützt. Den Grund dafür teilt sie nicht mit. Zwischen den Zeilen liest er, dass seine Familie große Geldsorgen hat und dass der Brief ein Hilferuf ist.

Antonio denkt darüber nach, nach Sizilien zurückzukehren. Es wäre einfach für ihn, alles hinzuschmeißen und den Job aufzugeben. Tief in sich fühlt er aber, dass das nicht der richtige Schritt ist. Trotz der schwierigen Umstände will er hier in Deutschland bleiben, nach vorne schauen und nicht zurück. Er möchte sich hier ein neues Leben aufbauen, möchte noch einmal von vorne anfangen und nicht bereits in den ersten Monaten scheitern und diesen Plan verwerfen.

Die Sorge und Verantwortung für seine Familie lassen Antonio in den folgenden Nächten jedoch nicht schlafen. Immerzu grübelt er, ist unkonzentriert bei seiner Arbeit. Was soll er tun?

Antonio ist der älteste seiner Brüder und der Einzige neben Daniele, der die Verfahren auf dem Weingut kennt und übernehmen könnte. Wahrscheinlich rechnet seine Familie damit, dass er zurückkehren und ihnen helfen wird. Dass er die Verantwortung übernehmen wird, wie damals als Papa starb. Doch er spürt, dass er einen anderen Weg gehen soll, auch wenn ihm die Vernunft und der realistische Blick auf die derzeitige Situation etwas anderes sagen.

Antonio will nicht aufgeben.

*

In den nächsten Wochen sendet Antonio Geld an seine Familie. Er beruhigt damit nicht nur sein Gewissen, sondern fühlt sich auch als Märtyrer und hat das gute Gefühl zu helfen. Giulia dankt es in den folgenden Briefen und seine Sorgen werden weniger.

Er spart, wo er nur kann, und sendet das Ersparte an Giulia. Während seine Kollegen ihr Geld für Alkohol und Zigaretten ausgeben und an den Wochenenden durch die Kneipen der umliegenden Dörfer ziehen, bleibt er im Bauwagen. Er verbringt seine Zeit vorwiegend damit Deutsch zu lernen. Da er beabsichtigt zunächst in Deutschland zu bleiben, ist es für ihn elementar wichtig, dass er die deutsche Sprache beherrscht. Seine Kollegen und er erhalten regelmäßig Deutschbücher von seinem Vorarbeiter. Er bringt Blöcke, Stifte, Bücher und Zeitungen mit. Antonio liest jede Zeitung und studiert jedes Buch. Er liest und lernt über Deutschland, über Köln und die Umgebung. Das Lernen fällt ihm leicht, macht ihm Freude, und er verbessert damit seinen Sprachschatz.

*

Durch das Lernen und die schwere Arbeit vergisst Antonio mehr und mehr seine Vergangenheit und spürt sich wieder. Er fühlt Freude, Erschöpfung, Müdigkeit, aber auch die Motivation und den Ansporn die Arbeit zu bewältigen. Diese Gefühle kannte er in den letzten Jahren besonders in der Zeit, als er zu viel Alkohol trank, nicht. Sie erfüllen ihn zunehmend mit Zufriedenheit. Zudem hat ihn die körperliche Arbeit in den letzten Monaten kräftiger werden lassen. Seine Schultern sind breiter, sein Oberkörper und besonders seine Arme sind muskulöser geworden. Das gibt ihm ein neues Gefühl von Selbstbewusstsein. Des Weiteren sind ihm seine Arbeitskollegen ans Herz gewachsen, auch wenn er nach Feierabend nicht mit ihnen trinkt.

Oft, wenn er im Bauwagen alleine ist und seine Kollegen vor dem Bauwagen lauthals lachten, italienische Musik hören, Berge von Spaghetti kochen, Karten spielen, knobeln und sich mit Bier volllaufen lassen, flüchten seine Gedanken in die Vergangenheit zu Maria. Er vermisst sie nach wie vor. Er vermisst das Gefühl der Liebe, des Geborgenseins und der Familie. Es schmerzt, aber er schöpft Kraft aus den Gedanken an sie, ohne daran zu zerbrechen.

Jeden Tag motiviert er sich mit dem Traum, dass irgendwann alles wieder so sein wird wie früher, dass sich die Dinge ändern werden, dass dieser kümmerliche Zustand des Lebens in dem tristen Bauwagen nicht für immer sein wird. Da er sein Geld nach Sizilien sendet, kann er jedoch keine Rücklagen bilden und hat weder die finanziellen Mittel sein Leben zu ändern, noch einen Plan oder die Kontakte diesen Plan voranzutreiben.

*

Der Winter ist kalt und sie haben ihre Verträge auf unbestimmte Zeit verlängert. Zusätzlich wurde der Stundenlohn angehoben und ihnen die Möglichkeit gegeben über Weihnachten und den Jahreswechsel Urlaub zu nehmen, um nach Hause, also nach Rom zu fahren.

Die Jungs nehmen Urlaub, wollen ihre Familien in Sizilien besuchen, während Antonio und Tommaso beschließen zu bleiben. Antonio möchte nicht zurück, hat Angst, dass seine Erinnerungen wie eine eitrige Wunde aufreißen würden. Er möchte den dunklen Gedanken keinen Raum geben. Tommaso möchte ebenso wie Antonio Köln kennenlernen. Sie bestärken sich gegenseitig, dass das Bleiben eine gute Entscheidung ist, auch wenn sie vielleicht doch gerne zu ihren Familien gefahren wären.

Nur der kleine Ofen sorgt in den kalten Monaten für etwas Wärme und Behaglichkeit im Bauwagen. Sie hadern nicht mit der Situation, sondern planen die Weihnachtstage in Köln zu verbringen. Sie mieten sich eine kleine Pension und freuen sich auf die Großstadt.

Bisher haben sie nahezu nur die Baustelle, den Bauwagen und die nahen Dörfer um die Baustelle herum gesehen. Antonio interessiert Köln. Der Vorarbeiter erzählte bei seinen Besuchen über die Altstadt, den Dom, die Menschen und zahlreiche Geschäfte. Antonio ist gespannt auf die Stadt. Er sehnt sich nach Abwechslung. Sein Geist braucht Veränderung, Inspirationen, andere Menschen, Eindrücke und etwas Neues. Zudem ist er von der körperlichen Arbeit ausgelaugt, inzwischen nerven die Sprüche der Jungs zunehmend. Das enge Zusammenwohnen bringt immer wieder Konflikte. Er braucht eine Veränderung.

„Hey, Antonio, trink mit uns zum Abschied", ruft Carlo, der älteste von ihnen eines Abends im Bauwagen. Die Jungs haben sich, mit der fröhlichen Gewissheit morgen zurück nach Italien reisen zu können, um den kleinen Tisch versammelt. Antonio weiß, dass es allen ebenso geht wie ihm. Es ist Zeit für eine Veränderung. Er zeigt sich freundlich und gesellt sich zu ihnen. Draußen liegt Schnee, im Ofen knistert das Feuer und sorgt für etwas Gemütlichkeit. Er weiß, dass sie es schätzen, wenn er hinzukommt.

Antonio trinkt ein Bier mit ihnen und spürt plötzlich, dass die Jungs seine Familie geworden sind. Beinahe findet er es schade, dass sie abreisen. Carlo erzählt von seiner Frau und berichtet von ihrem üppigen Busen. Die andern lachen. Auch Antonio muss schmunzeln und spürt in Gedanken die warme weiche Haut von Maria.

„Was ist mit dir, Antonio?", ruft Tommaso laut in die Runde. Er schaut ihn herausfordernd an. „Hast du eine Frau oder stehst du auf Männer?", will er wissen. Die anderen lachen grölend über den Witz und schauen ihn erwartungsvoll an, während sie mit ihren rauen dreckigen Händen die Bierflaschen festhalten.

Sie leben hier seit so langer Zeit auf engem Raum zusammen, und erst jetzt stellt ihm jemand eine Frage nach seiner Vergangenheit.

Er ist verblüfft und geneigt die Frage mit einem blöden Spruch wie „Was geht dich das an?" zu beantworten, aber er besinnt sich. Warum soll er seine Vergangenheit verheimlichen?

„Ich... hatte eine Frau", sagt Antonio stockend. „Sie ist gestorben".

Das Grölen der Männer versiegt schlagartig. Es ist still geworden. Tommaso durchbricht die ungewohnte Stille. Verlegen wischt er sich eine Haarsträhne aus dem schmutzigen Gesicht.

„Was ist geschehen?", fragt er vorsichtig. Die anderen schauen Antonio gebannt an.

„Ich... wir haben ein Kind erwartet. Sie haben es nicht geschafft. Beide", bringt er hervor.

Es ist ruhig im Bauwagen. Eine ungewohnte Stille erfüllt den Raum. Alle starren ihn geschockt an. Keiner findet ein Wort.

Antonios Augen füllen sich mit Tränen. Verlegen senkt er seinen Blick nach unten. „Mist, dieser Schmerz", denkt er und krampft die Finger fest um die Bierflasche zusammen.

Plötzlich weint er wie ein kleiner Junge. Er lässt die Tränen einfach laufen, schämt sich nicht, kann sie nicht stoppen. Die Traurigkeit hat ihn erfasst, jede Zelle seines Körpers. Er lässt es zu, hat den Schmerz lange nicht so stark empfunden wie jetzt.

Der Schmerz war verschüttet unter der schweren körperlichen Arbeit, unter der Erschöpfung und unter der kahlen, tristen Unterkunft des Bauwagens. Nichts, aber auch gar nichts hat ihn hier an sein gemütliches Zuhause erinnert, an Maria, an die selbstgenähten Kissen auf dem Sofa, an das Babybett und an den Duft nach frischem Kaffee am Sonntagmorgen.

Tommaso steht auf, kommt zu ihm hinüber und legt die Hand auf seine Schulter. „Das tut mir sehr leid", sagt er mitfühlend.

Antonio braucht einen Moment und besinnt sich. Nein, er lässt sich nicht noch mehr auf den Schmerz ein, beschließt er.

„Ich möchte nicht weiter darüber sprechen", bringt er mühevoll hervor. Die anderen sind immer noch still. Er nimmt ihre entsetzten Blicke aus den Augenwinkeln wahr. „Egal...", denkt er. „Es ist scheißegal, was ihr jetzt denkt!"

„Ok, ok... lasst uns noch eine Runde Karten spielen". Tommaso schaut verlegen und rettet die Situation. Die Stille geht in ein gewohntes Durcheinander über, mit lauter Zustimmung werden die Karten verteilt. Nie wieder hat ihn später jemand nach seiner Vergangenheit gefragt.

18

Die Weihnachtstage verbringen Antonio und Tommaso wie geplant in Köln. Sie besichtigen den Dom und besuchen einen Gottesdienst. Die Architektur fasziniert Antonio. Er ist von der Größe mit 157 Metern beeindruckt. Bereits 1248 wurde mit dem Dombau begonnen, der erst im Jahr 1880 fertig gestellt wurde. Ein Domführer erzählt ihnen, dass der Dom im Zweiten Weltkrieg inmitten der ausgebombten Stadt beinahe unversehrt blieb, daher als „Wunder" verstanden wird und zu einem emotionalen Symbol für den Lebenswillen steht. Antonio ist ergriffen von dieser Geschichte. Oft denkt er daran, wenn er auf seinen Lebensweg zurückblickt. Fortan zieht er Kraft aus dem Anblick des Doms, er spürt eine besondere Energie des gotischen Bauwerks.

Sie zünden im Seitenschiff Kerzen an. Antonio kniet sich nieder zu einem Gebet. Die Stille der Kathedrale durchdringt seinen Panzer wie das Wasser eine Sandburg. Gefangen von der ungewohnten Umgebung wandern seine Gedanken zu Maria. Er spürt den Schmerz der Trauer in sich hochsteigen wie ein glühendes Feuer.

Die Trauer überkommt ihn. Er kniet auf einer Holzbank, stützt sein Gesicht in seine Hände, Tränen rinnen plötzlich durch seine Finger und laufen seine Arme hinunter. Er schluchzt, vergisst Tommaso, der neben ihm Platz gefunden hat und ihn Minuten später am Arm fasst.

„Lass uns gehen", sagt Tommaso nur, deutet mit dem Kopf Richtung Ausgang und holt ihn in die Realität zurück.

„Ja klar", murmelt Antonio, wischt die Tränen weg und atmet tief.

Sie gehen hinaus. Der heftige Wind vor der Eingangstür trägt Antonios trüben Gedanken weit hinweg.

„Lass uns ein Bier trinken gehen", ruft Tommaso betont unbeschwert, um ihn aufzumuntern und läuft voran. „Mach schon, ich habe Durst".

„Ich habe riesigen Appetit", antwortet Antonio und läuft ihm nach.

Sie laufen nicht weit zum „Brauhaus Früh" in der Nähe des Kölner Doms, in dem schon seit 1904 Kölsch ausgeschenkt wird, so lesen sie an einer kleinen Tafel am Eingang. Das Brauhaus hat seinen festen Platz in der Kölner Gastronomie-Tradition. Das Originalrezept des obergärigen Kölsch hat sich seither nicht verändert und wurde immer an die nächste Generation weitergegeben.

Antonio denkt an sein Weingut. Plötzlich schmerzt der Gedanke daran, dass er es nicht weitergeführt hat. Wie stolz könnte er sein, wenn auch er ein Messingschild an die Haustür des Weingutes angebracht hätte, auf dem abzulesen wäre, dass es in der dritten Generation geführt wird. Die Chance hat er nicht wahrgenommen und vielleicht die Geschichte des Weingutes damit gefährdet, denkt er schuldbewusst und braucht einen Moment, um zu realisieren, wie leichtfertig er mit seinem Familienerbe umgegangen ist.

Sie setzen sich an einen kleinen Holztisch und bestellen zwei Kölsch und zwei Sauerbraten mit Klößen. Antonio kennt das Gericht nicht, hat aber in einem Buch gelesen, dass es ein typisch deutsches Gericht ist, und daher sind sie gespannt darauf. Der Braten wird serviert und sie genießen das zarte Fleisch und den süßlichen Geschmack der Soße. Es schmeckt lecker, und er ist froh, dass ihm die deutsche Küche schmeckt. Viel zu oft haben sie in den letzten Monaten Essen aus Dosen gegessen. Meistens gab es Suppe, Spaghetti, Gemüse und Kartoffeln. Ein Essen serviert auf einem Teller mit einer Petersilien Verzierung gab es schon ewig nicht mehr. Antonio erinnert sich wehmütig an die teuren Hotels, in denen er früher übernachtete.

Tommaso findet den obergärigen Geschmack des Kölsch herrlich süffig, ist hellauf begeistert, und auch Antonio schmeckt das Bier. Dennoch fragt er sich, ob das Brauhaus auch Wein anbietet. Er ruft den Kellner.

„Herr Ober, haben Sie auch Wein?", fragt er selbstbewusst in sorgfältig gelernter deutscher Sprache.

„Wir sind ein Brauhaus!", kommt es frech zurück. „Wenn de Wein wills, muss de nach Italien fahren."

Antonio muss lachen. „Da kommen wir her. Wir kommen aus Sizilien. Da gibt's den besten Wein der Welt".

„Blödsenn. He jitt et Kölsch un söns nix!"

Ein paar Männer am Nebentisch haben das Gespräch verfolgt und lachen. „Dat is keine Ober. Dat is ene Köbes", sagt einer froh gelaunt.

„Ein was?" Antonio versucht sein bestes Deutsch zu sprechen.

„Köbes. Dat es de kölsche Art von Jakob. Verstehste dat?"

Er nickt freundlich.

„Dat sind kein Kellner, dat woren fröher ens su en Art Brauereijehilfe. Unjelernte, die d´r janzen Dag Kölschfässer schleife un sich ovends noch jet dozo verdeene. Die han ne blaue Schürze. Draan kanns de se erkenne", erklärt der Fremde ausführlich.

Antonio lächelt, freut sich über das Gespräch und bemüht sich alles zu verstehen, aber es fällt ihm schwer.

„Wo komt ihr dann her?", fragt er weiter.

„Italien", antwortet Antonio. „Ich komme aus Sizilien und habe lange in Rom gewohnt".

„Och Italie…, wie schön! Hürt ma, de zwei kumme us Italie", ruft er in die Runde.

„Drinkt ihr eine met?"

„Klar, gerne", ruft Tommaso begeistert.

Die Männer bestellen eine Runde Kölsch und reichen ihnen die Gläser.

„He, drink doch. Ihr hatt ene wigge Wäch vun Italie he her", sagt einer und muss lauthals über seinen Witz lachen.

Und so reden sie auf Kölsch, lachen viel und erzählen, wie sie nach Deutschland gekommen sind und wo sie arbeiten. Alle sind sehr freundlich. Später sieht Antonios Bierdeckel, auf dem der Köbes die Striche für die Kölsch gemacht hat, wie eine strahlende Sonne aus, bei der jeder Strahl ein Kölsch bedeutet.

Antonio ist etwas betrunken, als sie das Brauhaus verlassen. Sie hatten Spaß und haben es genossen mit den Menschen in Kontakt zu sein. Antonio denkt daran, dass er so viel Geld ausgegeben hat wie lange nicht mehr. Er muss sich an Tommaso festhalten. Draußen lachen sie beide und kriegen sich kaum mehr ein.

„Ich habe am Anfang nichts verstanden", sagt Tommaso und prustet vor Lachen. „Nun haben wir so lange Deutsch gelernt, und es hat nichts genutzt. Jetzt müssen wir noch Kölsch lernen. Der Kellner heißt Köbes, das habe ich mir gemerkt."

Sie schlendern zu ihrer kleinen Pension und pfeifen vergnügt. „Schönes Köln. Richtig schön hier. Die Leute sind nett, und das Kölsch ist lecker", stellt Tommaso fest.

Antonio muss schmunzeln. Sein Blick fällt auf den Dom, den er von hier aus wunderbar sehen kann.

„Ja, Köln ist eine tolle Stadt. Gefällt mir auch, und das Kölsch schmeckt wirklich gut", antwortet er gutgelaunt.

19

Die Kollegen erzählen nach ihrer Rückkehr aus Italien aufregende Geschichten aus der Heimat und bringen kleine Geschenke mit. Antonio spürt die Sehnsucht nach seiner Heimat besonders, doch er geht darüber hinweg und lässt das Gefühl nicht zu. Er schafft es nicht, zu seiner Familie nach Sizilien zu reisen. Nach wie vor quälen ihn die traurigen Bilder der Vergangenheit und die Erinnerungen an Maria und seine Tochter. Zudem befürchtet er, dass ihn seine Familie zur Rückkehr überreden würde, und er hat Schuldgefühle, weil er seine Familie und das Weingut im Stich gelassen hat.

Es ist kalt. Eine dicke Schneedecke hat die Wälder und Felder überzogen, und sie machen bei ihrer Arbeit Aufwärmpausen.

Anfang März erreicht Antonio ein Brief von Giulia. Daniele ist wieder vollständig gesund, doch das Weingut schreibt immer noch rote Zahlen und fährt Verluste ein, die wohl im nächsten Jahr noch zu spüren sein werden. Er beschließt weiterhin Geld zu senden, beruhigt sein Gewissen erneut damit.

Im letzten Absatz des Briefes bittet Giulia jedoch um eine andere Hilfe. Sie berichtet von ihren Sorgen um Leonardo, Antonios jüngstem Bruder, der inzwischen Anfang dreißig ist. Er trinkt, so schreibt Giulia, und versucht die Umstände zu erklären. Leonardo trinkt zu viel Alkohol und geht keiner Arbeit nach. Täglich ist er betrunken und kümmert sich weder um sich, noch um die Familie oder das Weingut. Sie sorgt sich um ihn und vermutet, dass ihm eine Abwechslung guttun würde. Sie bittet Antonio, Leonardo bei sich aufzunehmen und sich um ihn zu kümmern.

„Wie soll das gehen?", denkt Antonio zunächst abwehrend, beschließt aber bereits im nächsten Augenblick den Vorarbeiter zu fragen, ob Leonardo eine Anstellung in der Baufirma erhalten könnte. Er hat sich in seiner Zeit, in der er für die Baufirma arbeitet, nichts zuschulden kommen lassen und ist fleißig, zuverlässig und wird für seine Arbeit sehr geschätzt. Daher kann er sich vorstellen, dass Leonardo schon deshalb eingestellt wird.

Bei der nächsten Lohnausgabe schildert Antonio dem Vorarbeiter sein Anliegen. Dieser schlägt ihm kumpelhaft auf die Schulter und sagt, dass sie immer gute Leute gebrauchen können, insbesondere weil inzwischen nur noch fünf Arbeiter im Bauwagen sind, da Roberto zurück nach Sizilien gegangen ist.

Nur vier Wochen später steht Leonardo mit einem Koffer vor dem Bauwagen und schaut selbstbewusst in die Runde. Er ist groß und schlank. Sein Gesicht ist kantig mit hohen Wangenknochen. Außerdem trägt er das Haar ähnlich lang wie Antonio, so dass es ihm ins Gesicht fällt. Giulia erwähnte mal, dass er der Schwarm vieler Mädchen im Dorf sei, dass er sich jedoch nie für eine entschieden hatte. Wenn er ihn so anschaut, kann er das verstehen. Er wirkt smart und selbstbewusst. Eigentlich müsste man ihn mögen, doch irgendetwas sträubt sich in ihm dagegen. Vielleicht ist es Leonardos Selbstbewusstsein, das Antonio eine Spur zu viel ist.

Die Kollegen heißen Leonardo herzlich willkommen und stoßen auf den neuen Kollegen an. Antonio weiß nicht, ob er sich freuen soll. Er beteiligt sich nur kurz an dem Willkommensumtrunk. Während er sich im Bauwagen aufhält und etwas zu essen zubereitet, hört er, wie Leonardo draußen protzt und sich laut in den Vordergrund redet. Antonio hat kein gutes Gefühl. Er kann nicht erklären, woher es kommt. Vielleicht, weil er nie ein gutes Verhältnis zu Leonardo hatte. Leonardo ist fünfzehn Jahre jünger als er. Als Antonio bereits auf dem Weingut arbeitete, war Leonardo noch ein Kleinkind.

Antonio beobachtet ihn beiläufig aus dem Fenster des Bauwagens. Giulia hatte recht. Leonardo trinkt zu viel Alkohol. Während die Jungs noch die erste Flasche Bier in den Händen halten, öffnet er bereits die dritte. Die Jungs scheinen es nicht zu bemerken. Im Bauwagen steht immer eine Kiste Bier. Die Jungs trinken regelmäßig und viel. Antonio hofft, dass es nicht auffällt.

Leonardo ist laut. Wenn er getrunken hat, streitet er oder pöbelt herum. Die ruhige und harmonische Stimmung der Gruppe wird zunehmend aufgeheizt und kritisch. Leonardo eckt an, wo es geht, kann sich nicht unterordnen. Immer wieder findet er Gründe, um zu nörgeln und schlechte Stimmung zu verbreiten. Antonio wird bewusst, dass ihr Leben auf engstem Raum im Bauwagen nur deshalb so gut funktionierte, weil sie sich alle nicht so wichtig nehmen, Rücksicht üben und problemlos in die Gemeinschaft unterordnen.

Doch Leonardo ist anders.

Antonio fühlt sich zunehmend verpflichtet die Wogen zu glätten, versucht zu schlichten, wann immer es geht, nimmt ihn in Schutz, wenn die anderen ihn verurteilen.

Als Leonardo nach wenigen Wochen schon morgens betrunken zur Arbeit auf die Baustelle kommt, wird es den anderen zu viel.

„Leonardo, fahr wieder nach Hause!", brüllt Tommaso ihn an. „Weißt du wie gefährlich es ist, wenn du auf der Baustelle völlig betrunken auftauchst? Du bringst nicht nur dich, sondern uns alle in Gefahr", wettert Tommaso. Er ist stinksauer.

Leonardo lacht nur. Er lallt: „Verpiss dich doch selber, du elender Besserwisser." Er spuckt auf den Boden, beachtet Tommaso nicht weiter und torkelt davon. Antonio beobachtet den Streit aus der Ferne. Dieses Mal schreitet er nicht ein. Er nimmt ihn nicht in Schutz, vielmehr macht er sich Sorgen um ihn.

Die Brücke ist vierzig Meter hoch, und sie verrichten Einschalarbeiten in der Mitte der Brücke, also am höchsten Punkt. Sie sind ein eingespieltes Team, jeder weiß was zu tun ist. Sie kennen die Gefahr. Jeder von ihnen weiß, dass ein Tritt daneben, eine unachtsame Bewegung oder ein falscher Schritt auf einem vereisten Balken zum Absturz führen und den Tod bedeuten kann.

Leonardo lallt vor sich hin. Er verschwindet von der Baustelle, setzt sich auf die mit Schnee bedeckten Holzplanken am Rand der Brücke und raucht. Antonio betrachtet ihn, atmet tief durch, besinnt sich und geht doch zu ihm hinüber und stellt ihn zur Rede.

„Du kannst hier nicht trinken", fährt er ihn an. „Das ist ein Job. Sie verlangen, dass du mitarbeitest. Du erhältst Lohn für die Arbeit", redet er ihm ins Gewissen. Auch er ist sauer. Seine Geduld ist am Ende. Innerlich bebt er vor Wut, doch er bemüht sich ruhig zu bleiben.

Leonardo lacht ihn aus. Er lacht ihm einfach ins Gesicht. Er lallt etwas von Freiheit, eigenen Entscheidungen, dass ihm die Arbeit viel zu schwer ist und dass er endlich verschwinden soll.

Antonio lässt ihn stehen. Er ist wütend, verzweifelt und weiß nicht, was er sonst noch tun soll und was richtig ist. Aus Rücksicht zu Leonardo haben die Jungs dem Vorarbeiter bisher nichts gesagt. Da der Vorarbeiter nur freitags zur Übergabe der Gehälter kommt und um den Baufortschritt zu sehen, fällt es ihm kaum auf, dass Leonardo nicht mitarbeitet.

Antonio versucht Leonardo zu schützen, doch am Nachmittag nimmt ihn Tommaso zur Seite und redet auf ihn ein. „Leonardo muss weg. Ich kann ihn nicht mehr schützen. Die anderen sehen das ebenso", sagt er entschlossen.

Antonio ist erschüttert. Er weiß, dass Tommaso recht hat, aber Leonardo ist sein Bruder. Er fühlt sich verantwortlich.

„Lasst mich noch einmal mit ihm reden", bittet er. Tommaso nickt nur und stimmt ihm schweigend zu.

An diesem Abend bittet Antonio Leonardo zu einem Gespräch vor dem Bauwagen. Sie stehen sich gegenüber. Leonardo ist betrunken, verschränkt ablehnend die Arme vor seinem Körper. Er steht breitbeinig vor ihm.

„Leonardo, sie werden dich rausschmeißen. Niemand will dich hier haben. Du musst aufhören zu trinken, sonst wirst du deinen Job verlieren." Antonio ist besorgt und wütend zugleich.

„Das ist mir doch egal", sagt Leonardo trotzig, wie ein kleines Kind. „Ist doch sowieso alles Mist hier. Hier ist nichts los, ich soll nur schuften."

Seine überhebliche Art macht Antonio noch wütender. „Ich habe dir den Job besorgt, und du zeigst dich kein bisschen dankbar dafür", versucht er es erneut. „Ändere dein Verhalten, sonst wirst du hier gefeuert." Antonio spürt, dass er zunehmend wütender wird. Er redet immer lauter.

„Du hast mir gar nichts zu sagen", brüllt Leonardo zurück. „Du bist nicht mein Vater. Verpiss dich!"

Er steht dicht vor Antonio, so dass er die Alkoholfahne seines Bruders riechen kann. Leonardos überhebliche und arrogante Art steigert sich in eine grenzenlose unfassbare Wut. Plötzlich schlägt er Antonio ins Gesicht. Antonio torkelt. So eben noch kann er sich auf den Beinen halten.

„Arschloch", schreit Leonardo. „Du mieses Arschloch. Verpiss dich!"

In nächsten Moment spürt Antonio seine Faust erneut in seinem Gesicht. Er stürzt zu Boden. Die Wucht des Schlages hat seine Nase getroffen. Er spürt, wie warmes Blut über sein Gesicht läuft. Hasserfüllt schaut Leonardo auf ihn nieder. „Arschloch!" schreit er. Antonio bleibt am Boden, wischt das Blut mit dem Ärmel weg.

„Du verdammter Besserwisser", brüllt Leonardo großspurig. „Du hast dich einfach aus dem Staub gemacht und uns mit dem Weingut allein gelassen", brüllt er. „Und jetzt spielst dich so auf. Du hast mir nichts, aber auch gar nichts zu sagen. Verpiss dich einfach", schreit er aufgebracht. Er ist außer sich vor Wut.

Die Jungs haben die Auseinandersetzung gehört und stürzen herbei. Sie fassen Leonardo am Arm und halten ihn fest.

Tommaso eilt zu Antonio. „Geht's?", fragt er besorgt.

„Geht schon", murmelt Antonio. Langsam richtet er sich auf.

„Ich muss es melden", sagt Tommaso konsequent. „Wir können ihn nicht länger dulden. Ich muss den Vorfall dem Vorarbeiter melden, um die Gruppe zu schützen."

Leonardo wirft Antonio einen verachtenden Blick zu.

„Ich hasse dich", ruft er, löst sich aus dem Griff der anderen, holt sich eine Flasche Bier und verschwindet.

Erst am Freitagmittag, in drei Tagen erwarten sie den Vorarbeiter, der wie gewohnt die Gehälter bringen wird. Die Stimmung in der Gruppe ist schlecht. Antonio versucht Leonardo aus dem Weg zu gehen. Auch die anderen sprechen kaum ein Wort mit ihm. Antonio zählt die Stunden. Alle hoffen, dass der Vorarbeiter ihn direkt mitnimmt und vielleicht eine andere Stelle findet. Jedenfalls soll er nicht mehr bei ihnen arbeiten. Da sind sie sich einig. Antonio stimmt zu, als die Entscheidung gefällt wird. Leonardo muss verschwinden. Antonio wird ihn nicht mehr schützen.

*

Am Freitagmorgen hat Leonardo bereits den Bauwagen verlassen, als Antonio und die Jungs zur Arbeit gehen. Sie wundern sich darüber. Leonardo ist sonst immer der letzte und erscheint meistens erst am Vormittag an seinem Arbeitsplatz.

Es ist merkwürdig. Plötzlich überkommt Antonio ein mulmiges Gefühl. Wo ist er? Ist er vielleicht abgehauen? Fürchtet er sich vor den Konsequenzen der Versetzung? Antonio ist es egal. Nach ihrem Streit gestern und seiner blutigen Nase ist es ihm wirklich egal, wo sein Bruder ist.

Tommaso erklärte Leonardo nach der Prügelei, dass er den Vorarbeiter über den Vorfall informieren würde und um seine Versetzung auf eine andere Baustelle bitten würde. Schlussendlich ist allen klar, dass Leonardo auch dort seine Arbeit nicht erfolgreich erledigen wird. Leonardo hat ein Alkoholproblem. Damit ist eine Anstellung auf jeder Baustelle ein großes Risiko, unabhängig von seiner Unzuverlässigkeit und seiner negativen Arbeitshaltung.

Antonio geht am Freitagmorgen wie gewohnt zum Arbeitsbeginn mit seinen Kollegen zur Baustelle auf die Brücke. Es ist kalt und neblig. Sie tragen gelbe Regenjacken, die mit einem warmen Innenfutter ausgestattet sind, Sicherheitsschuhe und einen gelben Helm. Ein kühler Wind peitscht Antonio ins Gesicht. Er schleppt eine schwere Werkzeugkiste. Seine Hände sind trotz Handschuhen starr vor Kälte. Ein leichter Nieselregen hat eingesetzt, der auf einer dünnen Schneedecke gefriert. Antonio zieht die Jacke etwas fester zu und den Helm tiefer in sein Gesicht.

„Mistwetter!", denkt er. Gewissenhaft achtet er darauf, wo er hintritt und dass er nicht auf dem rutschigen, nassen Boden ausrutscht. Mehrmals ruft er Leonardos Namen, obwohl er genau weiß, dass es sinnlos ist. Die Stille macht ihm Angst. Wo ist Leonardo? Ist er vielleicht doch abgehauen? Oder ist etwas passiert?

Tommaso geht dicht vor Antonio. Plötzlich bleibt er ruckartig stehen und gibt Antonio ein Zeichen, dass er ebenfalls stehen bleiben soll. Antonio erstarrt. Erschreckt schaut er auf, kann aber nichts sehen.

„Warte!", befiehlt Tommaso.

Sie stehen am Anfang der Brücke. Aufgeregt lässt Antonio seinen Blick über das Gelände unterhalb der Talbrücke schweifen. Plötzlich sieht er eine gelbe Regenjacke. Er weiß sofort, dass es Leonardo ist. Er ist sich ganz sicher. Er erkennt eine leblose Gestalt unter der höchsten Stelle der Brücke auf der mit Schnee bedeckten Wiese.

„Oh, mein Gott!" Antonio erstarrt, ist unfähig sich zu bewegen. Er kann seinen Blick nicht von Leonardo lassen. Plötzlich beginnt er zu laufen. Der Werkzeugkoffer fällt krachend zu Boden. Antonio schreit, rutscht aus, fällt hin, steht auf und rennt weiter. Der Untergrund ist steil und glitschig. Wie von Sinnen richtet er sich immer wieder auf und rennt weiter. „Nein, nein...", schreit er laut vor Entsetzen. Es ist Leonardo. Er spürt es, auch wenn er sein Gesicht von der Brücke nicht erkennen kann. Seine Schreie hallen in dem Tal. „Nein...", das hat er nicht gewollt.

Antonios Schritte verlangsamen sich kurz bevor er ihn erreicht. Leonardo ist übel zugerichtet von dem Sturz aus knapp vierzig Metern Höhe. Antonio bleibt wenige Schritte vor ihm stehen. Er kann nicht nah an ihn herangehen, er erträgt den Anblick nicht. Leonardos Körper ist zerfetzt. Blut hat sich im Schnee ausgebreitet. Der Regen hat es zum Erfrieren gebracht. Ihm wird schlecht.

Tommaso und die anderen Jungs sind ihm nachgelaufen.

„Bleib!", flüstert einer. „Geh nicht hin!" Er hält Antonio am Arm.

„Scheiße!", bringt Tommaso hervor. „Was für eine gottverdammte Scheiße!"

Antonio steht unter Schock, ist unfähig zu reagieren. Er merkt nicht, wie Tommaso zurückläuft, um einen Krankenwagen zu rufen.

Schon bald ertönt die Sirene des Notarztes. Die Polizei trifft ein. Die Ärzte stellen Leonardos Tod fest. Der Unfallhergang wird mit „Sturz von der Talbrücke aus etwa vierzig Metern" dokumentiert. Ein Arbeitsunfall.

Ein Polizist nimmt Antonio zur Seite und schreibt seine Personalien auf, während ein Leichenwagen Leonardo abtransportiert. Wie unter einer Glasglocke nimmt Antonio die Umgebung und die Menschen um sich herum wahr. Die Stimmen dringen nicht bis zu ihm hindurch.

„Bitte kommen Sie morgen auf die Polizeiwache", sagt der Polizist und reicht ihm eine Karte. „10 Uhr. Die Adresse steht drauf."

„Ja, mache ich", antwortet er. Zögernd nimmt er die Karte.

„Mein Beileid", fügt der Polizist sachlich hinzu und verschwindet.

Er muss es Giulia sagen, denkt er nur.

20

Leonardos Tod beschäftigt Antonio zunehmend und bringt ihn mehr und mehr aus dem Gleichgewicht. Er macht sich Vorwürfe, denkt insgeheim, dass er das Unglück hätte verhindern können.

Er kann nicht glauben, dass Leonardo ausgerutscht ist. Vielmehr denkt er, dass ihr Streit vor der Tragödie der Auslöser dafür war, dass Leonardo absichtlich von der Brücke gesprungen ist. Einige Fakten sprechen dafür, so zum Beispiel, dass er vor ihnen allen auf die Brücke ging und allein unterwegs war. Antonio zermartert sich den Kopf darüber, ob und wie er es hätte verhindern können. Wenn er nur noch einmal mit ihm gesprochen hätte. Vielleicht hätte er ihn davon abbringen können.

Die Polizei ist von einem Arbeitsunfall ausgegangen. Leonardo war auf den nassen, eisigen Bohlen ausgerutscht und in die Tiefe gestürzt. Die Brücke hatte kein Geländer. Alles erscheint logisch. Antonio hatte nicht widersprochen.

So berichtet er es auch Giulia am Telefon, die am anderen Ende der Leitung zusammengebrochen ist, als er ihr die traurige Nachricht übermittelte. Leonardo war wie ihr eigenes Kind. Sie hat ihn großgezogen, während seine Mutter den Tod seines Vaters nicht verkraftet hatte und in eine tiefe Depression gestürzt war.

Antonio kann ihren Schmerz nachempfinden. Er weiß, wie es sich anfühlt einen geliebten Menschen zu verlieren. Wie lange hatte er um Maria getrauert, wie stark ist heute noch sein Schmerz? Er kann Giulia nicht trösten, findet kaum die richtigen Worte für sie.

Leonardo wird wenige Tage später nach Sizilien überführt. Seine Familie wird dort die Beerdigung abwickeln. Antonio wird nicht dabei sein, beschließt er. Er kann nicht, will seiner Familie nicht begegnen. Er fühlt sich schuldig und vermutet, dass sie ihm die Schuld an Leonardos Tod geben werden. Sie werden denken, dass er nicht auf seinen Bruder aufgepasst hat, dass er ihn hätte beschützen sollen.

Antonio lässt der Gedanke nicht los, dass Leonardos Tod kein Unfall war. Was, wenn Leonardo absichtlich in die Tiefe gesprungen war? Hatte er seinem Leben bewusst ein Ende gemacht? Wollte er absichtlich sterben? Waren seine Aussichten auf sein Leben so aussichtslos? Ahnte er vielleicht, dass er durch seine Alkoholabhängigkeit keinen Job der Welt hätte machen können?

Ihm wird heiß und kalt bei den Gedanken. Dann hätte Leonardo seine Hilfe gebraucht. Seine Unterstützung. Er hätte sie viel mehr gebraucht, als den Druck und die Vorwürfe, die Antonio ihm gemacht hatte.

Vielleicht war Leonardos Sucht stärker als der Wunsch nach einem freien Leben. Er konnte seinen Alkoholkonsum nicht kontrollieren. Darüber hatte Antonio in den letzten Wochen oft nachgedacht, wenn er ihn beobachtete. Natürlich bemerkte er, dass Leonardo immer mehr und mehr Alkohol trank, um die Wirkung zu erzielen.

Antonio findet keine Antworten auf seine Fragen. Seine Gedanken kreisen zwischen schlechtem Gewissen, Vorwürfen und tiefer Trauer. Seine Kollegen zeigen anfangs Mitgefühl, jedoch geben sie Antonio inzwischen zu verstehen, dass sie den Unfall vergessen und nicht mehr darüber sprechen möchten.

„Lass es gut sein! Schließ das Thema ab!", sagt Tommaso eines Tages zu Antonio. „Du bist nicht für Leonardos Tod verantwortlich. Es war ein Unfall. Dich trifft keine Schuld."

Er hatte es Antonio schon einige Male gesagt. Zunächst tröstend, dann auffordernd. Jetzt wirkt er etwas genervt. Antonio weiß, dass er seinen Frieden damit finden muss.

*

Einige Wochen vergehen. Antonio findet sich mehr und mehr in einer tiefen Traurigkeit, wie damals, als er Maria verlor. „Vielleicht bin ich auch zu lange an diesem Ort, auf der Baustelle, in dem kleinen Bauwagen mit immer denselben Menschen", denkt er. Sein Geist sehnt sich nach Wissen, Eindrücken und nach Veränderungen.

„Es gibt keine Deutsch-Bücher mehr, die ich dir geben kann", sagt der Vorarbeiter eines Tages bei seinem Besuch. „Du hast alle unsere Bücher gelesen. Du hast dir ein beachtliches Wissen angeeignet."

„Er hat recht", denkt Antonio. Seine sprachlichen Deutschkenntnisse sind inzwischen sehr gut. Lediglich ein italienischer Akzent verrät, dass er aus Sizilien kommt. Er spürt, dass die Zeit für eine Veränderung gekommen ist.

*

Antonio liegt auf seinem schmalen Bett und denkt darüber nach, was er tun könnte. Er vertraut auf seine alte „Traumliste" und schreibt auf, was er in seinem Leben noch erreichen möchte, welche Ziele er hat, was ihn glücklich machen würde.

Er nimmt einen Stift und einen Block und denkt an die Zeit in der Hütte mit Luisa. Damals war er jung, und die Liste war einfach.

Nachdenklich betrachtet er seine Hände, die von der Arbeit rau, grob und faltig sind. Als er seine erste Traum- und Wunschliste schrieb, hatte er zarte feingliedrige Finger. Er war ein Ästhet, war dünn, nahezu drahtig, und er liebte das Schöne. Gerne erinnert er sich an diese Zeit. Ein Lächeln huscht über sein Gesicht.

Schmunzelnd denkt er an seine Zeit in Rom. Damals trug er maßgefertigte Anzüge und handgenähte Schuhe. Meine Güte, was war aus ihm geworden? Er ist kräftiger geworden, sein Körper ist von der schweren Arbeit muskulös, nicht so hager wie damals. Sein Haar ist zwar immer noch füllig, jedoch zeigen sich an den Schläfen erste graue Strähnen. Aber seine Feinheit ist verschwunden. Die Feinheit in seinem Geist, seinem Aussehen und Bewegungen und in seinen Absichten.

„Wenn ich etwas verändern will, dann muss es jetzt erfolgen", kritzelt er auf den Block. „Ich möchte in Deutschland bleiben, nicht nach Sizilien zurückkehren", schreibt er mit einem Selbstverständnis, obwohl das Heimweh oft schmerzt. Er hat Angst davor, dass ihm seine Familie die Schuld an Leonardos Tod geben wird. Außerdem hat er seine Familie auf dem Weingut im Stich gelassen, und die traurigen Erinnerungen an Marias Tod schmerzen noch wie damals.

„Ich kann mir vorstellen in Köln zu leben", schreibt er selbstsicher weiter, denn er mag die Menschen, die Umgebung und kann sich einen Neuanfang in dieser schönen Stadt vorstellen. Vielleicht könnte er bei einer Baufirma in der Innenstadt anheuern. Das dürfte nicht schwer sein. Sicher würde er ein gutes Zeugnis erhalten.

Etwas ratlos schaut er auf das fast leere Blatt Papier. Damals waren seine Träume und Ziele aus ihm herausgesprudelt. Heute ist es anders. Es ist, als ob sein Geist veraltet ist, rostig, unbeweglich, nicht mehr so kreativ und energiegeladen wie damals.

Nur mühsam kann er sich eine Zukunft außerhalb des Bauwagens vorstellen. Zu lang war seine Zeit hier, zu sehr hat er sich an diese Umgebung gewohnt. Das Leben ist hier wie in einem Kokon. Der Bauwagen ist sicher, die Kollegen sind nett. Sie leben auf engstem Raum. Jeweils zwei Betten sind übereinander angebracht, und er schläft auf dem unteren Bett. Seine persönlichen Sachen und seine Bücher befinden sich in seinem Koffer unter dem Bett. Das ist alles. Es ist eng, aber es ist auch ein Ort der Sicherheit und Geborgenheit. Bis... bis Leonardo auftauchte und die Sicherheit zerfetzte, ihn wieder verletzlich werden ließ. Tränen füllen seine Augen.

Er lässt den Zettel mit den wenigen Zeilen sinken, schiebt ihn in ein Buch. Vielleicht kann man nicht alles erträumen. Vielleicht muss er das Leben auch einfach passieren lassen, denkt er.

*

Antonio weiß, dass die Zeit der Veränderung gekommen ist. Er weiß, dass er in Köln wohnen möchte. Immer wieder schießt ihm jedoch auch der Weinberg in den Sinn. Die Arbeit auf dem Weingut erfüllte ihn stets mit Freude. Die Kenntnisse um die Weingewinnung, Reife und den Geschmack des Weines waren das Einzige, was er neben der Arbeit auf der Baustelle gelernt hatte.

Wie wäre es, wenn er wieder Wein verkaufen würde, überlegt er. Durch den Aufschwung in Deutschland entstanden in Köln zahlreiche Geschäfte und Restaurants. Er kann sich vorstellen, dass vielleicht auch Supermärkte Wein aus Ländern wie Italien anbieten würden.

Der Vertrieb von Wein aus Sizilien in Deutschland. Das könnte es sein. Das könnte sein Ziel und sein Traum sein. Ihm wird heiß vor Aufregung bei diesem Gedanken. Er kann es schaffen. Eine Welle der Energie erfüllt ihn und lässt seinen Geist jubeln. Plötzlich spürt er eine nie dagewesene Intuition und Kraft. Es ist so, als ob er aus einem Schlaf erwacht, der ihn gestärkt und voller Energie in die Welt entlässt.

Er weiß nicht, wie er einen Weinvertrieb in Deutschland umsetzen soll, aber allein der Gedanke an diese Veränderung gibt ihm Mut und Hoffnung für das Leben.

Glücklich über diese Erkenntnis schließt Antonio die Augen und versinkt in einen schlaflosen Traum. Er sieht sich als jungen Mann im Maßanzug bei strahlendem Sonnenschein in Rom auf einer Piazza. Seine Haut ist gebräunt, er trägt eine Sonnenbrille, tanzt vor Vergnügen. Es ist die Erinnerung an eine glückliche Zeit seines Lebens. Was war geschehen, dass er sich so sehr verändert hat? Nichts von seinem alten Leben ist geblieben, nichts von dem jungen, gutaussehenden erfolgreichen Geschäftsmann.

Zumindest hatte er eine erfolgreiche Vergangenheit, denkt er. Keiner seiner Kollegen hier sprach je von Erfolg in seinem Leben.

Plötzlich wird Antonio klar, dass er das Potential für den Erfolg in sich trägt. Er war vor Jahren erfolgreich, ein selbstbewusster, fröhlicher Mann. Irgendwann in seinem Leben waren ihm diese wunderbaren Eigenschaften abhandengekommen. Er weiß, dass er es wieder schaffen kann.

Plötzlich weiß er genau, was zu tun ist.

*

Bei seinem nächsten Besuch erklärt Antonio dem Vorarbeiter, dass er den Standort verlassen möchte und eine Anstellung in Köln sucht. Er begründet es damit, dass er sich verändern möchte und sich für Leonardos Tod verantwortlich fühle. Er will nicht täglich an dem Ort sein, an dem das Unglück geschehen ist. Mit Wehmut denkt er daran, dass genau das auch damals der Grund war, nach Marias Tod Sizilien zu verlassen.

Schon in der darauffolgenden Woche informiert ihn der Vorarbeiter, dass er eine Anstellung für ihn in Köln gefunden hat. Der Vorarbeiter bietet Antonio eine offene Stelle in einem Dachdeckerbetrieb an. Es ist Herbst und die Auftragslage sei gut, so der Vorarbeiter, dass die Firma Verstärkung gebrauchen kann.

Antonio ist begeistert und sagt sofort zu. Zwar ist eine Anstellung in einem Dachdeckerbetrieb nicht das, was auf seiner Traumliste steht, aber vielleicht ist es ein Schritt in diese Richtung. Vor allem aber ist es die Möglichkeit, die ihm das Leben bietet.

Voller Freude packt er seine spärlichen Sachen in den Koffer und verbringt die letzten Tage mit seinen Jungs im Bauwagen.

„Es ist Zeit für mich", sagt Antonio bei der Verabschiedung. Die Kollegen kommen vor dem Bauwagen zusammen. Sie umarmen ihn lange zum Abschied und wünschen ihm alles Gute.

Antonio wird klar, dass er sie vermissen wird. Insgeheim spürt er jedoch, dass er nach einem neuen Leben strebt. Er möchte endlich wieder ein Leben in bunten Farben leben, die Annehmlichkeiten einer Stadt genießen, in Restaurants essen gehen, vielleicht eine Frau kennenlernen und in einem gepflegten Zuhause wohnen.

Tommaso umarmt ihn zum Abschied. Seine Umarmung scheint kein Ende zu nehmen. „Du schaffst es!", flüstert er ihm zu und dreht sich zur Seite, damit Antonio seine Tränen nicht sieht.

21

Nur drei Wochen später beginnt Antonio seine neue Anstellung unter der Leitung des Dombaumeisters auf dem Dach des Kölner Doms. Bereits bei seinem Einstellungsgespräch wurde ihm eine qualifizierte Ausbildung angeboten, die er mit Freude annimmt. Er ist stolz bei der Instandsetzung der mehr als 12 000 Quadratmeter Dachflächen tätig zu sein. Im Zweiten Weltkrieg wurden rund 80 Prozent der Dachflächen zerstört, die mit Zinkblechen geflickt werden. Zudem sollen die Hoch- und Seitenschiffdächer neu eingedeckt werden. Darüber muss auch das komplexe Leitungssystem instandgehalten werden, das mit einer Gesamtlänge von etwa zehn Kilometern das Niederschlagswasser vom Gebäude ableitet.

Antonio wird nie seinen ersten Arbeitstag in schwindelnder Höhe auf dem Dom vergessen. Ein eisiger Wind und eine unfassbar schöne Aussicht umgeben ihn. Er fühlt sich so frei und erhaben, wie noch nie zuvor in seinem Leben.

Der Dom bedeutet ihm während seiner Zeit in Deutschland sehr viel. Jetzt darauf zu arbeiten fühlt sich an, als ob er das Glück bei den Hörnern packt. Daneben arbeitet er auf dem Symbol, das für den Neuanfang steht. Er ist unfassbar glücklich über diesen Job.

Er mietet eine kleine Wohnung in Nippes, die ihm sein neuer Arbeitgeber vermittelt hat. Das Haus ist alt, die Miete günstig.

In den umliegenden Wohnungen sind ausschließlich Gastarbeiter untergebracht. Überall wird italienisch, türkisch oder griechisch gesprochen. Es ist laut, unruhig und auf dem tristen Innenhof stehen ständig Landsleute und unterhalten sich. Sie rauchen, essen und trinken zusammen. Abends wird Musik aus der Heimat gespielt, die Antonio auch bei geschlossenem Fenster in seiner Wohnung hört.

Die Gemeinschaft tut gut. Alle eint das Schicksal, fernab von der Heimat ein neues Zuhause zu suchen. Die meisten haben ihre Familien und Kinder wochenlang nicht gesehen. Es fühlt sich vertraut für Antonio an, zumindest die Menschen aus dem eigenen Land in der Nähe zu wissen. Daneben flattert bei jedem Wetter die Wäsche auf den Wäscheleinen der Balkone und erinnert ihn an das Leben in Italien.

Antonios Wohnung hat zwei kleine Zimmer, eine Küche, ein Bad – und sie ist mit einfachen Möbeln ausgestattet. Am ersten Abend packt er die wenigen Habseligkeiten aus, die er mit nach Deutschland brachte, und die er in dem Bauwagen unter seinem Bett verstaute.

Ein schwarz-weißes Foto von Maria in einem silbernen Rahmen, ein Bildband über Sizilien und ein Fotoalbum seiner Familie sind die wenigen Erinnerungen an Zuhause. Daneben verstaut er ein paar Kleidungsstücke für kalte Wintertage und seine Hochzeitsschuhe in dem Kleiderschrank.

Nachdenklich geht Antonio zum Fenster und schaut hinaus auf die Straße und den angrenzenden Park. Wie weit doch seine Heimat von ihm und seinem Herzen entfernt ist, denkt er traurig und bleibt einige Minuten am Fenster stehen.

Der Ofen wärmt das Zimmer. Er legt noch ein Holzscheit nach. Vor dem Fenster tanzen ein paar Schneeflocken. Er setzt sich auf das Bett und nimmt den Bildband zur Hand. Auf der zweiten Seite sieht er das Foto eines Weinbergs in Mittelsizilien, der sehr viel Ähnlichkeit mit dem Weingut seiner Familie in Menfi hat. Voller Sehnsucht schaut er das Foto an, spürt das Heimweh in jeder Zelle seines Körpers.

„Wo bin ich zu Hause? Ich gehöre weder nach Sizilien, noch nach Deutschland", denkt er traurig.

Gedankenverloren blättert er weiter und schaut sich die Fotos an. Plötzlich entdeckt er einen gefalteten weißen Zettel zwischen den Seiten. Antonio erstarrt. Erst vor wenigen Wochen schaute er sich im Bauwagen das Buch an. Er ist sich sicher, dass der Zettel damals nicht darin war. Aufgeregt nimmt er ihn. Die Innenseite ist mit einer großen schwungvollen Schrift beschrieben. Mit zitternden Fingern faltet er das Blatt auseinander, setzt sich an den Küchentisch, um im Licht der Lampe das Geschriebene zu lesen.

Lieber Antonio,

ich weiß nicht, wann du meinen Brief finden wirst, aber ich werde dann schon nicht mehr bei Euch sein. Es ist Zeit für mich zu gehen. Ich finde kein Glück auf dieser Welt. Ich habe es nicht auf unserem Weingut gefunden und versage hier in Deutschland erneut. Danke, dass du mir die Chance für einen Neuanfang gegeben hast. Ich bin nicht so stark wie du. Ich bin den Anforderungen nicht gewachsen. Ich habe versagt. Es tut mir leid, wenn ich Schande über Dich und unsere Familie gebracht habe. Ich liebe Dich, ich liebe Giulia, und ich liebe unsere Familie.

Ich bin stolz auf Dich. Du warst mein großes Vorbild. Du bist hinaus in die Welt gegangen und hast deinen Weg gefunden. Ich werde es niemals schaffen. Bitte verzeih mir!

In ewiger Liebe
Dein Leonardo

Antonio liest den Brief mehrmals und lässt ihn später kraftlos los. Das Feuer im Ofen ist erloschen. Er fröstelt. Seine Tränen fallen auf das weiße Blatt Papier. Armer Leonardo. Sein Fleisch und Blut, sein Bruder. Seine Tränen gehen in ein lautes Schluchzen über. Leonardo hat sein Leben beendet, und er konnte nicht helfen.

Wieder ist ein Mensch aus seinem Leben gegangen, den er geliebt hat und der ihm nahestand. Leonardo schreibt, dass er sein Vorbild war, dass er stolz auf ihn war. Nichts davon hat er ihm je gesagt. Antonio findet nichts in seinem Leben, worauf er stolz sein könnte.

Er fand seinen Weg nicht, und er hat das Gefühl den Anforderungen, die das Leben an ihn stellte, nicht gewachsen zu sein. Es gibt keinen Grund stolz auf ihn zu sein.

Antonio hat das Generationengeschäft verlassen und dadurch seine Familie in Geldsorgen getrieben. Seit Jahren traut er sich nicht mehr seine Familie zu besuchen. Und das Schlimmste ist, dass er nicht auf Leonardo aufpassen konnte, seinen Bruder, den seine Familie ihm in einem fremden Land anvertraute.

Schwerfällig erhebt er sich und geht zum Fenster. Auf der Straße hat sich inzwischen eine dünne Schneedecke gebildet. Im Schein der Straßenlaterne tanzen die Schneeflocken erneut, doch ihr Zauber ist plötzlich verschwunden. Einsamkeit hallt von den kühlen Wänden der umliegenden Häuser. Das Alleinsein wird mit den Schneeflocken in jeden Zentimeter der Umgebung getragen.

Im Spiegelbild des Fensters sieht er sich. Seine Tränen glitzern auf der Fensterscheibe. Bei dem Anblick erstarrt er. Er ist ein alter Mann geworden, denkt er. Er ist ein gebrochener Mann. Seine Mutter ist an gebrochenem Herzen gestorben, hatte Giulia damals gesagt, als er zur Beerdigung seiner Mutter kam. Und nun schafft er es ebenso nicht, die Freude und den Mut für das Weiterleben zu finden. Früher hätte er nun eine Flasche Wein geöffnet. Die Wirkung hätte seine Sinne betäubt. Er hätte sich entspannt, seine Traurigkeit wäre verschwunden oder zumindest nicht mehr so stark gewesen.

Er öffnet das Fenster. Ein kalter Luftzug lässt ihn erschaudern. Antonio schließt die Augen, steht für einen Moment einfach nur da und hüllt sich in die Kälte, die seine Gedanken durchpustet.

Er atmet tief, schließt das Fenster, schnappt seinen Mantel und den Hut und geht nach draußen.

*

Mit dieser Nachricht sind die anfängliche Euphorie und Freude für den Neuanfang nur von kurzer Dauer. Die von ihm erhoffte und ersehnte Zufriedenheit stellt sich nicht ein. Er hat zwar eine Arbeit, die ihm gefällt, und eine schöne Wohnung, aber er fühlt sich auch verdammt einsam. Es gibt niemanden, mit dem er seine Abende teilen kann, niemanden, dem er von seinem Schmerz und von dem Verlust um Leonardo berichten kann.

Antonio erzählt Giulia nie von dem Abschiedsbrief. Wem soll es nutzen? Soll seine Familie doch denken, dass Leonardo bei seiner Arbeit in Deutschland ums Leben gekommen ist. Das ist zwar tragisch, aber ein ehrenwerter Tod. Ein Freitod hingegen würde die gesamte Familie erschüttern.

Giulia schrieb ihm in ihrem letzten Brief, dass die Unfallversicherung der Baufirma eine stattliche Summe überwiesen habe. Sie konnten damit die Schulden tilgen und sogar einen Teil in die Renovierung des Weinguts stecken. Damit waren ihre finanziellen Sorgen weitestgehend aufgehoben. Das freut ihn und bedeutet auch, dass er ihnen kein Geld mehr schicken muss.

22

Der Neuanfang in Köln heißt auch, dass er das Alleinsein wieder lernen muss. Maria fehlt ihm in diesen Wochen sehr, da sich die neue Wohnung beinahe wie ihr Zuhause in Rom anfühlt. Immerzu muss er an sie denken. Er würde etwas darum geben, sein Leben mit ihr teilen zu können. Doch er kann die Zeit nicht zurückdrehen.

Er schließt sich seiner lebhaften Hausgemeinschaft nur selten an, bevorzugt die Ruhe und besucht am Sonntagnachmittag allein das Café Reichard, direkt am Fuße des Doms. Der Winter scheint vorbei. Die ersten warmen Sonnenstrahlen kündigen einen herrlichen Tag an. Das Caféhaus soll eines der schönsten in Europa sein. Antonio möchte sich heute etwas Besonderes gönnen. Ein süßlicher Duft von Schokolade und Vanille umhüllt ihn, als er das Café betritt, und er wählt aus der großen Auswahl an liebevoll dekorierten Torten, Pralinen und feinem Gebäck des Konditormeisters ein Stück leckere Baumkuchentorte und bestellt ein Kännchen Kaffee dazu.

Die freundliche Bedienung serviert den Kaffee routiniert in einem silbernen Kännchen. Ihre Haare sind streng zusammengebunden, ihre Bluse und die Schürze aus weißer Spitze sind sorgsam gestärkt. Antonio genießt den feinen Geschmack der Köstlichkeiten und ist dankbar für diesen außergewöhnlichen Moment.

Um ihn herum scheinen jedoch fast nur Familien und verliebte Paare den Weg in das zentrale Café gefunden zu haben. Am Nebentisch hält ein netter Herr die Hand einer bezaubernden Dame und schaut sie verliebt an. Plötzlich fühlt sich Antonio einsam. Er ist traurig, dass er das schöne Erlebnis nicht mit jemandem teilen kann. Auch die vorzügliche Torte mit der leckeren Marzipandecke kann seine Traurigkeit nicht lindern. Er bezahlt die Rechnung und nimmt an der Theke noch ein Tütchen Vollmilch-Trüffel mit, bevor er sich langsam auf den Heimweg macht.

*

Die Arbeit auf dem Dach des Kölner Doms macht Antonio große Freude. Seine Arbeitskollegen sind freundlich. Die Abläufe erlernt er schnell. Auch die Höhe, der Regen und der Wind machen ihm nichts aus. Ganz im Gegenteil, er genießt es, wenn ihm der Wind hoch oben um die Ohren pfeift.

Antonio ist morgens stets frühzeitig an seiner Arbeitsstelle am Dom, um mit den Kollegen die Abläufe zu besprechen.

„Hast du deine Tätigkeitsnachweise dabei?", fragt ein Vorarbeiter. Antonio muss zum wiederholten Mal die Frage verneinen.

„Ich bringe sie nächste Woche mit", antwortet er ausweichend.

„Dann muss ich sie aber wirklich haben, sonst können wir dein Gehalt nicht abrechnen", antwortet er mahnend.

Antonio weiß, wie wichtig das Ausfüllen der Zettel ist, jedoch hat er Schwierigkeiten damit und möchte sich die Blöße nicht geben zu erklären, dass er Deutsch zwar sprechen, aber nicht schreiben kann.

Antonio hat nicht nur Schwierigkeiten mit den Tätigkeitsnachweisen, sondern versteht auch die Inhalte und Zusammenhänge von verschiedenen deutschen Formularen nicht – beispielsweise die Anmeldung des Stroms, den Mietvertrag oder die Kontoanmeldung bei der Bank. Alles macht ihm große Mühe, weil er die deutsche Sprache eben nicht schreiben kann.

Der Vorarbeiter verlangt die Tätigkeitsberichte wöchentlich von ihm, die er in Deutsch abliefern muss. Er hat nie richtig Deutsch schreiben gelernt und sich deshalb bei einem Deutschkurs angemeldet, der schon in wenigen Tagen beginnen wird. Er nimmt sich vor die Tätigkeitsberichte dahin mitzunehmen und den Lehrer zu bitten, ihm dabei zu helfen.

„Antonio, gehst du mit uns ins „Brauhaus Früh?", fragt Heinz, sein Arbeitskollege, eines Tages. Freitags geht die ganze Mannschaft traditionell auf ein Feierabendbier in ein Brauhaus.

„Ja, sehr gerne", antwortet Antonio hocherfreut. Er freut sich auf die Abwechslung. Das Brauhaus kennt er schon von seinem Besuch mit Tommaso vor einiger Zeit. Es ist ein toller Abend. Er genießt es unter Menschen zu sein. Sie trinken Kölsch, essen Würstchen mit Sauerkraut, lachen und erzählen, bevor die Kollegen zu ihren Familien nach Hause fahren.

Mehr und mehr lernt Antonio auch die kölsche Sprache zu verstehen und kann den Dialekt inzwischen sogar sprechen. Außerdem erfährt er etwas von der Mentalität seiner Kollegen, die ihm augenzwinkernd das „Kölsche Grundgesetz" erklären.

„Et es, wie et es" wird auch zunehmend zu seinem Lebensmotto. Er versucht die Dinge zu akzeptieren, die er nicht ändern kann.

Mit „Et hätt noch immer jot jejange" richtet er den positiven Blick auf die Dinge und versucht etwas Leichtigkeit in seinem Leben und in seinem Handeln zu erzielen. Das „kölsche Jeföhl", wie seine Kollegen immer sagen, tut ihm gut. Schon als Bub bewältigte er die Anforderungen und Hürden des Lebens mit viel Ernsthaftigkeit und Schwere. Damals als sein Vater starb, musste er schnell erwachsen werden, um allen Herausforderungen gerecht zu werden.

Da er nun „leichter" durchs Leben geht, lässt dies seine Vergangenheit verblassen und den Lebensmut langsam erstrahlen. Er kann die Dinge nicht ändern, die passiert sind, aber er kann sich jeden Tag aufmachen das Schöne im Leben zu entdecken. Er weiß, dass es an ihm liegt, sein Leben zu gestalten.

23

„Am Samstag feiere ich meinen Geburtstag und lade dich gerne zu einem kleinen Grillfest bei mir zu Hause ein", sagt Heinz in einer Mittagspause zu ihm. Überrascht und froh über die erste Einladung, die er in Deutschland erhält, nimmt er die Einladung freudig an.

Antonio ist mächtig gespannt auf die Familie, wie Heinz lebt und wie ein deutsches Grillfest ausgerichtet wird. Heinz gibt ihm die Adresse in Lindenthal und beschreibt die Anfahrt mit dem Fahrrad.

Am Samstagnachmittag trifft er bei herrlichem Sonnenschein mit einer Flasche italienischen Rotwein an der genannten Adresse ein. Mehrere aufgeregte Kinder begrüßen ihn schon an der Haustür. Sie führen ihn in den Garten des schönen Einfamilienhauses, in dem mehrere Gäste gemütlich um einen reich gedeckten Tisch sitzen.

Heinz steht mit nacktem Oberkörper und einem Sonnenhut am Grill und wedelt erfreut mit einer Grillzange.

„Ich komme gleich", ruft er.

Unsicher schaut Antonio sich um und weiß nicht so recht, was er tun soll. Er begrüßt die übrigen Gäste am Tisch mit Handschlag, stellt sich kurz vor und setzt sich auf den einzigen freien Stuhl.

„Warum spricht der so komisch?", fragt ein kleines Mädchen, das auf dem Schoß seiner Mutter sitzt.

„Antonio kommt aus Sizilien, das ist in Italien", sagt ihre Mutter und lächelt ihm aufmunternd zu.

Es ist ihm unangenehm. Alle starren ihn an. Er spürt, wie er errötet. In deutscher Sprache weiß er nicht, was er antworten soll. Auf Italienisch wäre er um einen Spruch nicht verlegen gewesen. Jetzt schweigt er nur und lächelt unsicher in die Runde. Plötzlich erinnert er sich an das Scheunenfest in der Zeit auf der Baustelle. Damals fühlte er, dass er nicht dazu gehörte. Dieses Gefühl steigt schlagartig wieder in ihm hoch und lähmt ihn.

Heinz bringt die gegrillten Würstchen an den Tisch und rettet die Situation. „Hallo Antonio", er umarmt ihn herzlich. „Antonio kommt aus Sizilien und ist allein in Köln", ruft er in die Runde, stellt sich neben ihn und hält ihn freundschaftlich am Arm.

„Wir hatten selten so einen fleißigen Mitarbeiter wie ihn", sagt er voller Anerkennung. „Nicht einmal hat er gehadert, als er das erste Mal hoch auf das Dach des Doms stieg. Er hatte keine Angst vor der Höhe und die ist nicht ohne. Das habe ich noch bei keinem anderen Mitarbeiter erlebt. Außerdem ist er jeden Morgen schon 20 Minuten vor Arbeitsbeginn auf der Baustelle und hat sich noch nie über Überstunden beschwert."

Er klopft Antonio anerkennend auf die Schulter und blickt ihn aufmunternd an, hebt seine Bierflasche in die Höhe und ruft laut: „Auf Antonio! Herzlich willkommen bei uns!"

Heinz prostet den anderen zu.

„Auf Antonio", rufen alle wie im Chor. Antonio spürt, wie er erneut rot wird. Aber dieses Mal ist es ihm nicht unangenehm. Fast ein bisschen stolz erhebt er sein Bier, prostet den anderen zu und lächelt glücklich.

Plötzlich reden alle durcheinander, stellen Antonio unzählige Fragen über seine Herkunft, über das Klima in Sizilien, seine Beweggründe nach Deutschland zu kommen und über seinen Werdegang. Zum ersten Mal seit er in Deutschland ist, interessieren sich Menschen für ihn. Er berichtet von seiner Kindheit auf dem Weingut, von der Übernahme des Weinguts und den Aufbau des Vertriebs in Rom.

Alle Gäste sind interessiert und hören Antonio gebannt zu. Er spürt das Interesse durch ihre Nachfragen und vergisst, dass er deutsch spricht. Die Worte kommen wie von selbst aus seinem Mund, ohne dass er sich über die Grammatik oder die richtige Aussprache Gedanken macht.

Die Anerkennung tut ihm gut. Er genießt die Aufmerksamkeit der übrigen Gäste. Ganz natürlich und ohne zu prahlen berichtet er von seinen Erlebnissen. Er erzählt und erzählt. Das ist eine völlig neue Erfahrung für ihn. Dabei tut es gut zu spüren, dass sich die Menschen wirklich für ihn interessieren. Von Maria und von seiner Tochter berichtet er nichts. Diese Geschichte passt nicht an einen großen Holztisch auf einem fröhlichen Grillfest im Sommer. Er will die ausgelassene und heitere Stimmung nicht trüben.

Antonio verbringt einen wunderschönen Abend und bleibt bis spät in die Nacht. Heinz packt später noch die Gitarre aus, und sie singen gemeinsam kölsche Lieder. „En unserem Veedel" wird an diesem Abend sein Lieblingslied. Leise singt er es noch vor sich hin, als er später mit dem Fahrrad heimfährt.

24

Die Wochen vergehen und Antonio fühlt sich zunehmend in Köln wohler. Durch seine Arbeitskollegen ist er in einem sozialen Gefüge eingebunden. Der Deutschkurs trägt ebenfalls dazu bei, dass er neue Menschen kennenlernt. Dennoch ist er oft allein und fühlt sich einsam. Ihm fehlt eine Partnerin an seiner Seite, mit der er seine Erlebnisse teilen kann, die ihm zuhört, wenn sein Heimweh so stark wird, dass er an nichts anderes denken kann, die ihm Nähe und Geborgenheit gibt.

An den Wochenenden schlendert Antonio durch die Straßen der Stadt und betäubt mit den Eindrücken seine Sehnsucht nach einer Familie und das Gefühl des Alleinseins. Antonio mag die Geschwindigkeit, die bunten Facetten und den Trubel, die seinen Geist inspirieren und ihm neue Energie geben. Sogar seine Liebe für stilvolle Kleidung wird bei dem Blick in die zahlreichen Auslagen der Bekleidungsgeschäfte wieder geweckt.

Es ist kalt, und der Winter kündigt sich mit ersten Schneeflocken an. Antonio fröstelt und zieht den Kragen seines Mantels etwas höher und schaut bei Peter Heinrichs im „Haus der zehntausend Pfeifen" vorbei. Das Tabakwarenfachgeschäft in der Hahnenstraße blickt auf eine seit 1908 gegründet Firmengeschichte zurück.

„Hallo Antonio", begrüßt ihn der Inhaber Peter Heinrichs wie immer sehr freundlich. Der würzige Duft von Tabak weckt Erinnerungen an sein altes Wohnzimmer auf dem Weingut, in dem sein Großvater oft Pfeife rauchte. Es ist ein winziges Stück Heimat, das er mit diesem Duft und dem Geschäft verbindet. Antonio kauft Zigarillos. Peter zeigt ihm das neue Angebot an Pfeifen, Tabak, Pfeifenstopfer und allem, was ein Pfeifenraucher braucht, um die Tabakpfeife am Qualmen zu halten. Dazu gibt es einen Kaffee gratis. Sie plaudern über den 1. FC Köln. Beinahe fühlt er sich wie zu Hause."

*

Am Rosenmontag bleibt die Dachdeckerfirma geschlossen. Die Kollegen erzählen schon Tage vorher vom traditionellen Karneval und von dem spektakulären Rosenmontagszug, so dass Antonio beschließt, sich das bunte Treiben anzuschauen.

Es ist kalt, doch die Sonne scheint vom blauen Himmel, als er sich nach dem Frühstück auf den Weg in die Innenstadt macht. Viele verkleideten Menschen begegnen ihm.

Antonio ist fasziniert von der Vielfalt der wunderschönen Kostüme. Immer wieder erblickt er etwas Neues. Die Menschen sind bunt. Es scheint keine Regeln zu geben. Jeder ist so, wie es ihm gefällt. Clown, Cowboy, Hippie oder Polizist, alles ist erlaubt. Egal, wo er hinschaut, ist die Stimmung fröhlich und heiter. Die Menschen singen kölsche Lieder. Sie stehen zusammen, singen, schunkeln und feiern. In der Ferne hört er die Musikzüge. Er lässt sich von der Freude und Ausgelassenheit der Menschen anstecken.

Antonio trägt seinen Wintermantel und einen Cowboyhut, den er sich extra für den Rosenmontag gekauft hat. In der Nähe des Hauptbahnhofs vor dem Excelsior Hotel Ernst bleibt er stehen. Vor Kurzem fanden hier zahlreiche Umbau- und Renovierungsarbeiten statt, liest er auf einer Bautafel im Eingangsbereich des Hotels. Dabei wurden der Wintergarten und die Piano Bar erneuert und zuletzt die Hanse Stube umfassend saniert.

Er schlägt den Kragen seines Mantels höher, beobachtet das bunte Treiben, die kostümierten Kinder und den wunderschönen Rosenmontagszug mit den traditionellen Karnevalsgesellschaften.

Wie ein Kind fängt Antonio freudig Kamelle. Er lässt sich auf den Spektakel ein, schnappt eine Tafel Schokolade und verstaut sie in der Tasche seines Mantels. Ein kleines Mädchen, das als Marienkäfer verkleidet ist, sammelt die bunten Bonbons vom Boden und reicht ihm plötzlich eins.

„Für dich", sagt das Mädchen mit dem gepunkteten Hut und lächelt Antonio mit fröhlichen Augen an.

Erfreut über die nette Geste nimmt er das Bonbon, schaut in das bezaubernde Gesicht und die fröhlichen Augen des Mädchens. Plötzlich muss er weinen. Im gleichen Alter wäre seine Tochter jetzt, denkt er traurig.

„Warum weinst du?", fragt die Kleine. Erstaunt schaut sie Antonio an.

„Ich... Ich freue mich so, dass du mir das Bonbon schenkst", antwortet er stockend und zwingt sich zu einem Lächeln.

„Aber hier liegen doch so viele Kamelle", ruft sie erfreut, greift in ihre Umhängetasche und holt noch zwei Bonbons heraus. „Die roten sind die besten", sagt sie lächelnd und schaut ihn keck an.

„Oh, danke", sagt er höflich und nimmt die beiden Bonbons.

Gleich kommen die „Roten Funken" ruft sie vergnügt und fügt stolz hinzu. „Mein Papa geht bei den Roten Funken mit."

Ihre Mutter steht in der Nähe, hält nach der Kleinen Ausschau und winkt ihm fröhlich zu. Antonio winkt zurück, und die Kleine erzählt lebhaft weiter.

„Die Roten Funken gibt es schon seit 1823. Das ist der älteste Karnevalsverein in Köln. Er gehört zu den Traditionscorps. Dann gibt es noch die Blauen Funken", sie macht eine Pause und scheint zu überlegen. „... und die Große von 1823, und die Große Kölner Karnevalsgesellschaft von 1882 und die EhrenGarde der Stadt Köln von 1902, die KG Treuer Husar Blau-Gelb von 1925 und ...die Apfelsinenfunken", berichtet sie lebhaft.

„Dreimal darfst du raten, welche Farbe die Uniform der Apfelsinenfunken hat". Sie lächelt und schaut ihn herausfordernd an.

„Weiß nicht", antwortet er, auch um ihr ein gutes Gefühl zu geben.

„Na, orange, natürlich", ruft sie laut und lacht. „Deshalb heißen sie ja so, aber der richtige Name ist KKG Nippeser Bürgerwehr 1903", fügt sie streng hinzu und wiederholt leise die genannten Gesellschaften und zählt dabei an den Fingern die Anzahl ab.

„Die Bürgergarde „blau-gold", das Reiter-Korps Jan von Werth und die Prinzen-Garde 1906 gibt es noch. Das haben wir in der Schule gelernt", plappert sie weiter. Antonio hat seine große Freude daran.

„Die letzten Wagen im Rosenmontagszug sind die der Prinzen-Garde. Darin fährt das Dreigestirn mit, also der Prinz, der Bauer und die Jungfrau. Die Jungfrau ist aber keine Frau, sondern ein Mann mit einer Perücke und Zöpfen. Darauf musst Du achten, die schmeißen die meisten Bonbons."

„Ah, das ist ja interessant", antwortet Antonio. Er freut sich über die kleine Geschichtslektion.

„Mädchen dürfen da nicht mitmachen", erklärt sie traurig. „Das geht nur als Tanzmariechen oder bei einer Tanzgruppe. So eine Uniform wie die Männer dürfen Mädchen aber nicht tragen. Hätte ich aber gerne", fügt sie selbstbewusst hinzu. „Und ich wüsste auch welche."

Antonio schaut sie erwartungsvoll an. „Und welche wäre das?"

„Mein Bruder mag die Uniformen der Roten Funken, wie mein Papa, aber Mama und ich finden die von der Prinzen-Garde schön, weil sie mit Gold verziert sind. Mama sagt, dass das ganz schön teuer ist. Du musst auf die prachtvollen Wagen achten. Die sind oft lustig und verulken die Politiker oder bekannte Leute."

Antonio muss über die kindlichen Erklärungen lächeln. Er nimmt sich vor, ab jetzt besonders auf die Uniformen der Gesellschaften und die Wagen zu achten.

Das kleine Mädchen richtet den Blick auf den Rosenmontagszug und rennt plötzlich zu seiner Mutter zurück.

„Alaaf, Alaaf, da kommen die Roten Funken... Da kommen sie", ruft sie aufgeregt. Schon sieht er die ersten Roten Funken in ihren strahlend roten Uniformen.

Antonio schaut sich den Umzug noch bis zum Schluss an. Am Ende sind die Taschen seines Mantels prall gefüllt mit Kamelle.

„Was für eine schöne Tradition", denkt er, als er abends müde ins Bett fällt. „Es hätte Maria gefallen und sicher auch seiner Tochter." Diesen Tag hätte er gerne mit ihnen geteilt. Plötzlich fühlt er sich einsam und ganz schrecklich allein.

25

Mehr und mehr fällt Antonio in seiner Wohnung die Decke auf den Kopf. Besonders an den Wochenenden fühlt er sich unwohl und allein. Er hat Heimweh. Die Trauer um Maria scheint nicht enden zu wollen. Wie eine eitrige Wunde platzt der Kummer immer wieder auf und erfüllt ihn mit schlechten Gedanken und Trübsal.

Auch die Abwechslung durch seine Arbeit, den Deutschkurs und die gelegentlichen Treffen mit seinen Kollegen scheint daran nichts zu ändern. Oft schlendert er abends durch die verwinkelten Gassen der Kölner Altstadt. Er ist fasziniert von der Geschäftigkeit des historischen Stadtkerns, den schmalen Häusern mit den kleinen Fenstern und dem Kopfsteinpflaster, auf dem jeder Schritt von den Wänden der umliegenden Häuser hallt. Dieser Teil der Stadt wurde nach dem Krieg wieder im alten Stil aufgebaut und bildet eine malerische Kulisse, die im Schein der Laternen wie eine Kinderzeichnung wirkt.

Er stellt sich an das Geländer des Rheins und schaut zum Dom, sieht die Deutzer Brücke und bewundert den Anblick.

Ehrwürdig erhebt sich der Dom über die Stadt und bildet eine faszinierende Silhouette. In seiner Höhe wirkt er imposant, aber nicht störend, eher wie ein großer Bruder, der durch seine Statur die Stadt beschützt. Die Häuserfront am Rhein scheint klein, aber nicht unbedeutend, so als ob sie dem Dom einen ehrbaren Rahmen gibt.

Auf der Deutzer Brücke sind die Bauarbeiten für die zweite Brücke im vollen Gange, die von den Basler Ingenieuren E. und A. Schmidt entworfen und gebaut werden. Die neue Zwillingsbrücke soll an die alte Stahlbetonbrücke herangeschoben werden, so dass zwischen den Richtungsfahrbahnen die Straßenbahn einen eigenen zweigleisigen Gleiskörper erhält.

Es ist kalt. Antonio setzt sich auf eine Bank am Rhein, holt seine Mundharmonika aus der Manteltasche und spielt ein paar Melodien darauf, die sich aus seinen Gedanken entwickeln. All die Jahre hat er seine Mundharmonika aufbewahrt und gehütet. Ein älterer Herr bleibt wenige Meter von ihm entfernt stehen, hört ihm zu und lächelt.

Als seine Finger zu kalt werden, schiebt er seine Mundharmonika zurück in seine Manteltasche und geht durch die Straße „Unter Taschenmacher" in Richtung Hauptbahnhof. Vor dem „Brauhaus Sion" stehen einige Menschen und unterhalten sich. Antonio verlangsamt seinen Schritt, bleibt an einer Hausecke gegenüber dem Brauhaus stehen und beobachtet den Trubel.

Plötzlich umgibt ihn ein sonderbares Gefühl. Er steht Minuten einfach nur da und schaut hinüber, wäre gerne Teil der Gemeinschaft. Es ist eine Mischung aus Einsamkeit, Traurigkeit und dem Wunsch dazuzugehören, die ihn umgibt. Das Gefühl liegt wie ein dicker Elefant auf ihm. Er kann kaum atmen, ist unfähig sich zu bewegen. Plötzlich ist er verletzlich, sehnt sich nach der Gemeinschaft, nach Freunden, die fragen, wie es ihm geht, nach dem Gefühl mitten in der Menge zu stehen. Aber er traut sich nicht, hat nicht den Mut sich dazuzustellen und die anderen anzusprechen.

Er weiß nicht, wie lange er einfach nur so da steht. Wie in Trance beobachtet er, wie sich jemand von dem nahen Biertisch löst und langsam auf ihn zukommt. Er erschrickt, ist misstrauisch. Warum kommt er zu ihm? Wie muss es wirken, wenn er die Menschen die ganze Zeit anschaut? Plötzlich ist er hellwach.

Der Mann bleibt vor Antonio stehen und lächelt ihn freundlich an. Er ist sympathisch, hat graues Haar und ist gut gekleidet. In seiner Hand hält er ein volles Bierglas. Blitzartig kommt Antonio die unangenehme Situation von dem Scheunenfest vor einiger Zeit in den Sinn. Doch dieser Mann ist anders. Er sieht nett aus, nicht betrunken. Antonio kann einschätzen, dass er freundliche Absichten hat.

Dennoch wagt er es kaum zu atmen. Antonio lächelt und plötzlich reicht der Mann ihm das Bier und sagt: „Drink doch eine met, stell dich nit esu ahn. Du steihs he de janze Zick eröm. Häs de och kei Jeld, dat es janz ejal, drink doch met un kümmer dich nit dröm."

Antonio versteht die kölsche Sprache nicht, zumindest nicht alles und zögert. Für die freundliche Geste braucht er keine Übersetzung, doch er braucht einen Moment, um die Situation zu begreifen, um zu begreifen, dass der fremde Mann ihn zu einem Bier einlädt. Einfach so.

„Ich heiße Martin", sagt der Fremde freundlich. „Kumm met erüvver, stell dich met bei uns."

Mit zittrigen Händen nimmt Antonio das Kölschglas. „Ja, gerne", antwortet er und umklammert das Glas wie eine Rettungsleine.

„Ich heiße Antonio", antwortet er nur und spürt, dass dieser Moment etwas Besonderes ist. Vielleicht ist das der Moment, auf den er all die Jahre gewartet hat, der sein Leben verändern wird. Die ganze Zeit hat Antonio gespürt, dass der Neuanfang in Köln richtig ist und zum ersten Mal hat er das Gefühl, dass sich der weite Weg und die mühevollen Erfahrungen gelohnt haben.

Der freundliche Mann führt ihn zu der Gruppe der Männer am Biertisch und stellt ihn wie einen Freund vor: „Dat es d'r Antonio", sagt er in die Runde. Alle prosten Antonio zu, und er trinkt mit ihnen. Plötzlich ist er sich sicher, dass dieser Moment der bedeutende Schritt in eine glückliche Zukunft ist. Der Neubeginn, von dem er immer geträumt hat.

ENDE

Epilog

Antonios Geschichte könnte jede Geschichte sein, jedes Leben, jeder Mensch, der in einem fremden Land eine Heimat sucht. Er hat sich aufgemacht, um seine Träume zu finden, um das Glück zu suchen. Dabei war es nicht immer leicht, manchmal schien es sogar ausweglos. Doch er hat die Herausforderungen angenommen, die ihm das Leben geboten hat.

An diesem Abend verabredeten sie sich immer sonntags in dem Brauhaus an der Straße „Unter Taschenmacher". Er freute sich die ganze Woche darauf, verpasste kein Treffen und lernte viele nette Menschen kennen. Die kleine Gruppe, die er damals kennenlernte war ein Teil einer Karnevalsgesellschaft, die ihm an diesem Abend und bei den darauffolgenden Treffen immer wieder vom traditionellen Karneval berichtete. Er lernte über die Stadt, ihre Menschen und über den Karneval.

*

Nur wenige Monate später fand Antonio seinen Weg zum Wein zurück. Er beschloss seine Familie in Sizilien zu besuchen und machte sich mit dem Vorsatz der Versöhnung auf den Weg nach Italien.

Im Herbst besuchte er Marias Grab und das Grab seiner kleinen Tochter in der Nähe von Rom und verabschiedete sich traurig von ihnen. Es war ein schwerer Weg. Er war unendlich traurig und spürte, wie die Stricke der Vergangenheit sein Herz noch immer gefangen hielten. Er legte Blumen an den Grabern nieder und blieb eine Weile in der Herbstsonne stehen. Der Wind wehte welke Blätter auf die Gräber.

„Es ist Zeit", dachte er. „Zeit loszulassen".

Bei dem Besuch in Cesano schaute er auch bei Marias Mutter vorbei und nahm zum Abschied ihre hagere, faltige Hand. Die Zeit hat Spuren hinterlassen, doch ihre Augen waren lebhaft, wie die eines jungen Mädchens. Sie weinte, als er sich verabschiedete, und sie wussten beide, dass sie sich nicht wiedersehen würden.

Die Begrüßung in Rom bei Fabio im Restaurant war stürmisch und laut. Er freute sich riesig Antonio zu sehen. Fabio weinte, als er ihn in den Armen hielt und auch Martha umarmte ihn innig. Ihre Umarmung wollte kein Ende nehmen. „Der beste Wein für den besonderen Anlass", rief Fabio und holte einen edlen Tropfen aus dem Weinkeller. Sie verwöhnten ihn mit exzellenten italienischen Speisen, so gut, wie er sie seit Jahren nicht mehr verzehrt hatte.

Entgegen seinen Befürchtungen machte ihm auf ihrem Weingut niemand Vorwürfe zu Leonardos Tod. Ganz im Gegenteil, alle waren hocherfreut Antonio zu sehen. Giulia organisierte sogar ein kleines Fest mit der ganzen Familie anlässlich seines Besuchs.

Das Weingut hatte sich nach den schwierigen Zeiten wieder erholt und im letzten Jahr sogar einen edlen Spitzenwein hervorgebracht. Die Umsatzzahlen stiegen. Antonio spürte seine alte Begeisterung, die Leidenschaft und tiefe Verbundenheit zu ihrem Weingut.

Diese Erkenntnis brachte ihm ein neues Selbstbewusstsein. Er machte sich abermals auf einen neuen beruflichen Weg und widmete sich seiner alten Leidenschaft, dem sizilianischen Wein.

Nach seiner Rückkehr nach Köln wusste er, dass die Zeit auch für diesen beruflichen Neuanfang gekommen war. Sorglos nahm er allen Mut zusammen und eröffnete schon wenige Wochen später einen Weinhandel im Herzen Kölns. Antonio importierte Wein von ihrem Weingut auf Sizilien und aus anderen Regionen Italiens und legte damit den Grundstein für seine neue Existenz.

Antonio entdeckte auch die Liebe zum traditionellen Karneval. Durch seine neuen Freunde und der Verbundenheit zu Köln tauchte er in die Welt des Karnevals ein. Gerade weil er so entwurzelt war, liebte er das Brauchtum und den traditionellen Karneval. Antonio wurde Mitglied in einem Karnevalsverein und bekleidet inzwischen sogar ein nicht unerhebliches Amt.

In seiner zweiten Karnevalssession lernte er im Gürzenich eine neue Liebe kennen. Sie heißt Carmen. Nach ihrem Kennenlernen lud er sie ins Café Wahlen am Hohenstaufenring ein. Sie bestellten Mailändertorte und Kaffee, und er genoss den Nachmittag mit ihr in dem Traditionscafé mit Wohnzimmer-Charakter, in dem sich die Rezepte von köstlichen Torten und Gebäck seit 1911 nicht geändert haben. Er ist verliebt in Carmen und kann sein Glück kaum fassen.

Carmen wohnt in Köln und sie lehrt ihn viel über Köln, über die Menschen und die Gepflogenheiten der Stadt. Carmen tut ihm gut. Antonio genießt jeden Augenblick, den er mit ihr verbringen darf.

Sie arbeitet als Lehrerin und gibt ihm das Gefühl der Geborgenheit und des Angekommenseins.

Nach wenigen Monaten zogen sie in eine gemeinsame Wohnung in Nippes. Sie haben ein neues wunderschönes Zuhause, und er ist getragen von einem großen Glücksgefühl. Alle Schatten der Vergangenheit scheinen überwunden. Es ist so, als ob die Karten neu gemischt wurden und ihm ein besseres Blatt vergönnt wurde.

Im letzten Sommer wurde ihre gemeinsame Tochter Carlotta geboren. Sie ist zauberhaft, ihr größtes Glück. Antonio hat mit Carmen und Carlotta eine neue Familie gefunden.

Die Mundharmonika bleibt sein liebstes Andenken an frühere Zeiten, und er denkt daran, wenn er zum Einschlafen die folgende Melodie für Carlotta spielt:

Drink doch eine met ...

Ne ahle Mann steht vür d'r Weetschaffsdür,
dä su jän ens eine drinken däät.
Doch hä hätt vill zo winnig Jeld,
Su lang hä och zällt.

En d'r Weetschaff es die Stimmung jroß,
ävver keiner süht dä ahle Mann,
doch do kütt einer met enem Bier
un sprich en einfach an:

Refrain: Drink doch eine met, stell dich nit esu ahn.
Do steihs he de janze Zick eröm.
Häs de och kei Jeld, dat es janz ejal,
drink doch met un kümmer dich nit dröm.

Mancher sitz vielleich allein zo Huus,
dä su jän ens widder laache dät.
Janz heimlich do waat hä nur dodrop,
dat einer zo im sät:

Refrain: Drink doch eine met ...

Drink doch eine met ...

Ne ahle Mann steht vür d'r Weetschaffsdür,
dä su jän ens eine drinken däht.
Doch hä hätt vill zo winnig Jeld,
Su lang hä och zällt.

En d'r Weetschaff es die Stimmung jroß,
ävver keiner süht dä ahle Mann,
doch do kütt einer met enem Bier
un sprich en einfach an:

Refrain:
Drink doch eine met, stell dich nit esu ahn.
Do steihs he de janze Zick eröm.
Häs de och kei Jeld, dat es janz ejal,
drink doch met un kümmer dich nit dröm.

Mancher sitz vielleich allein zo Huus,
dä su jän ens widder laache dät.
Janz heimlich do waat hä nur dodrop,
dat einer zo im sät:

Refrain: Drink doch eine met ...

Wiederholung:
Na Na Na Na Na (Drink doch eine met)
Na Na Na Na Na (Stell dich nit esu ahn)
Na Na Na Na Na Na Na Na Na Na (Do steihs he de janze Zick eröm)
Na Na Na Na Na (Häs de och kei Jeld)
Na Na Na Na Na (Dat es janz ejal)
Na Na Na Na Na Na Na Na Na Na (Drink doch met un kümmer dich
nit dröm)

Liedhinweis:
DRINK DOCH EINE MET
Musik & Text: Fred Hoock
© 1978 by De Bläck Fööss Musikverlag GmbH
mit freundlicher Genehmigung von ROBA Music Verlag GmbH

138

Lieben Dank ...

an alle Lieben in meinem Umfeld, die mich bestärkt haben den Roman zu schreiben und mit denen ich meine Gedanken dazu teilen konnte.

Danke an Maxima für die umwerfend guten Anmerkungen aus dem Blickwinkel eines jungen Menschen. Danke an Frank Tewes für die professionelle Begleitung des Prozesses, danke, dass Du an die Romanidee geglaubt hast. Danke für das kritische Lektorat und das beachtliche Wissen um die Kölsche Sprache.

Zudem danke ich Ihnen liebe Leserinnen und Leser, dass Sie das Buch erworben und bis an diese Stelle gelesen haben. Das freut mich wirklich sehr.

Gerne schreiben Sie mir unter info@ankeschulte.com, wie Ihnen der Roman gefallen hat.

Von Herzen

Ihre
Anke Schulte